EL MICALET
GALÀCTIC

EL MICALET GALÀCTIC

COL·LECCIÓ DIRIGIDA PER JOSEP A. FLUIXÀ

ÚLTIMS TÍTOLS PUBLICATS

84. *Llegendes del Sol i de la Lluna.* Carles Cano / Paco Giménez
85. *Les vacances de Saïda.* Eva Peydró / Horacio Elena
86. *L'autobús Jordiet i la bruixa Elisenda.* Joan Pla / Kino Garrido
87. *Les malifetes de Maria Encarna.* Maria Torres Palau / Toni Cabo
88. *Moby Dick.* Herman Melville. Adaptació de Jesús Cortés / Bauxi
89. *L'Illa de les Foques.* Llucià Vallés / David Enebral
90. *Els acudits de Llorenç.* Llorenç Giménez / Inés Luz González
91. *La fada dels somnis.* Mercé Viana / Ramon Pla
92. *Thora i l'anell de la sort.* Pep Castellano / Albert Lucas
93. *L'estiu dels pirates.* Teresa Broseta / Bauxi
94. *Les aventures de Potaconill.* Carles Cano / Paco Giménez
95. *El llapis de Rosalia.* Antón Cortizas / Sebastià Serra
96. *Els ulls al cel i l'ànima a la mar.* Josep Ballester / Enric Solbes
97. *Àlex & Cia. Delinqüents.* Jesús Cortés / Francesc Santana
98. *La sopera i el cullerot.* Michael Ende / Quique Soler i Rosa Ana Crespo
99. *Un pollastre amb quatre potes...* Larissa Timofeeva i Amaia Iturraspe Bellver / José María Albero
100. *Cagadets de por.* Pasqual Alapont / Francesc Santana
101. *Misteris S.L.* Francesc Gisbert / Jesús Huguet
102. *Laia, una xiqueta mooolt exagerada.* Mercé Viana / Paco Giménez
103. *Alícia en el país del xocolate.* Xavier Mínguez / Ada García
104. *Els somnis secrets de Pau.* Mercé Borràs / Josep Vicó
105. *Els millors contes.* Michael Ende / Marie Nigot
106. *Les aventures espacials de Ximet i Blai el papagai.* Paco Moreno i Jordi Moreno / Pep Brocal i Marc Brocal

Hi ha unes *Propostes didàctiques*, referides a aquest llibre, que es poden descarregar de manera gratuïta des de la pàgina web <www.bromera.com>.

Disseny de la col·lecció: *Enric Solbes*
Impressió: *T.G. Ripoll, S.A. - Paterna*

1a edició: *març, 1995*
6a edició: *setembre, 2004*
ISBN: *84-7660-222-7*
DL: *V-3396-2004*

EL MICALET GALÀCTIC

El somni de Fran

Jesús Cortés

Il·lustracions de Francesc Santana

1
Bona nit

¡Un somni! ¡Necessitava un somni!

El dia havia estat esgotador. De matí vaig anar més fresc que una rosa cap a l'escola, però a les vuit de la nit, quan vaig tornar a casa, semblava un guerrer baldat. ¡En quin estat tan llastimós em trobava! Arrossegava la motxilla dels llibrots, la roba se m'havia fet més gran (o potser havia minvat, jo), i ni tan sols la veu m'eixia de la gola mentre ma mare m'interrogava, com sempre, des de la cuina.

—¿Com ha anat l'escola, Fran? —em va preguntar mentre l'escoltava batre ous.

I jo vaig contestar:

—Hum —que volia dir 'bé'.

—¿Què has dinat? —Aquesta, sense remei possible, sempre era la segona pregunta del qüestionari.

Altres dies donava detalls del que dinàvem a l'escola, però com que hui era dilluns, i els dilluns, com es pot comprovar, no estava per a gaites, vaig contestar:

—Hum —Que no és cap menjar. De moment, l'*hum* volia dir 'bé' .

—¿I l'examen de naturals?

—¡Hummm! —Amb aquest aspecte, volia dir 'fatal', però aquest codi secret ma mare el desconeix. Ma mare no ha estat mai forta en això dels codis secrets. Si el James Bond l'haguera tinguda d'ajudant, de segur que el pobre agent secret hauria abandonat qualsevol missió amb un pam de morros. N'estic segur.

—¿I la natació? —insistia la dona.

Imagineu-me, aturat enmig del corredor de casa, capmoix, estirant de la motxilla dels llibrots com qui estiraria d'un ase cabut, i rebent les preguntetes de ma mare.

—¿Has anat a informàtica?

—Hum —ara l'*hum* volia dir que 'sí'.

—¿Dus deures?

—Hum —i ara volia dir que també.

Quan un es troba fet pols generalment no té ganes de res, i molt menys de contestar qüestionaris. Però, ¿com podia fer entendre a ma mare que em trobava rebentat de cansament?

—Ton pare vol que t'apuntes a classes de piano. ¿T'agradaria?

¡Bé, dona, bé!, ¡si jo era Superman!

Traure el curs a la primera, fer la millor marca en natació, dominar megues amorrat a una pantalla d'ordinador que em posava el cap com un tabal... ¡i ara tocar el piano! Mon pare no podia conformar-se amb un tamboret, no senyor, ¡havia de ser un piano!

Bé, tocaria el piano. En el meu estat ruïnós estava disposat a fer qualsevol sacrifici, sempre que em donaren el soparot i em deixaren ficar al llit per tal de viure un dels meus somnis secrets. No, no penseu malament. Somiar, el que es diu somiar, ho fem tots, ja ho sé; fins i tot Pep, que és el millor amic que tinc.

El que passa és que jo, quan em trobe fins a la coroneta de tot, necessite un somni, necessite anar-me'n de vacances per unes hores, carregar piles, com sol dir-se, i quan em desperte, em trobe nou i a més m'ho he passat de primera.

I això volia jo, passar-m'ho de primera durant unes horetes. A més, l'endemà a primera hora tenia un examen de matemàtiques diabòliques i ma mare em despertaria una hora abans de l'habitual, més que res per fer un repasset de la matèria i quedar bé amb la família.

Aquest dilluns, pel que fa a allò del somni, tot va ser diferent, molt però que molt diferent. Perquè anar-me'n de vacances, me'n vaig anar, i carregar piles bé que en vaig carregar.

Però, ¿com se us quedaria el cos si us dic que

en despertar-me no era al meu benvolgut llit? ¡Ah!, i no val això que esteu pensant: no m'havia fet de la colla dels somnàmbuls, d'això res. I no val —perquè de segur que algun set-ciències ja ho ha deduït— que jo, Fran *el Ràpid,* m'havia despertat dins d'un segon somni. No, no, heu ficat el rem. Negatiu. Intenteu-ho de nou. *Game Over.*

Escolteu amb atenció: quan em vaig despertar era en un altre llit; la meua habitació no era la meua habitació; i no era precisament la perdició del James Bond, és a dir, ma mare, qui em mirava fixament des de darrere d'unes espantoses ullerotes negres.

«*¡El Rescat d'Isa* ha fet açò!», vaig pensar de seguida, pel sol fet d'obrir els ulls. *El Rescat d'Isa* era el nom del somni que acabava de viure. Sempre batege els somnis que recorde quan em desperte, així no els oblide. I aquest, molt especialment, no l'oblidaré mai.

¿Voleu conéixer-lo? Doncs, vinga, ¡engegueu motors i passeu de pàgina!

2
Pep, en missió especial

¿De vegades no heu viscut la sensació de saber que esteu somiant? A mi em passa sempre.

Per això, quan de sobte em vaig trobar davant la portalada tancada d'un castell, vaig saber que per fi em trobava de vacances, carregant piles, soca perdut al llit.

El castell que tenia davant, més que gran, era gegant, un autèntic castell gegant de portalada gegant. No negaré que mirant-lo de dalt a baix vaig sentir cert complex de puça. ¡Eu, quina passada! No havia somiat mai amb castells, aquest era el primer, i bé que m'havia lluït en la composició.

Tan a gust em trobava amb el somni acabat d'encetar que vaig desemperesir-me amb ganes, tot decidit a fer un tranquil i relaxat passeig en l'espera d'esdeveniments. Sabia que tard o prompte hi passaria alguna cosa. Sempre era així.

¿Què us deia? A penes havia mamprés el passeig quan vaig ensumar-me que dins del castell se celebrava tot un partit de futbol. Les proves eren evidents, sobretot perquè s'escoltaven ais i uis enmig del rebombori típic de les jugades que, més que encertar amb l'esfèric, només fan que alçar polseguera.

Sobtadament es va escoltar una sorprenent pilotada, una pilotada de les que deixen tots els jugadors badocs perduts, mentre miren en silenci la trajectòria inabastable del baló cap al cel. El baló que vaig veure, que de fet era un balonot també gegant, va descriure una dolça corba entre torretes i merlets i, tot seguit, obedient a les lleis de la gravetat, va desaparéixer de nou entre els murs del castell.

El partit es va reprendre ràpidament ja que, en cosa de segons, s'escoltaren de nou els mateixos ais i uis que indicaven lluita aferrissada per l'esfèric, és a dir, puntellons, blaus, espentes, i algun peu amb els dits fets un pinyol després d'haver fet un xut magistral a un còdol d'aspecte reglamentari.

—¡Fran!, ¡en bona hora! —vaig escoltar que em deien per darrere.

Ben sorprés, vaig fer una inesperada mitja volta.

¡Era Pep! ¡Ni més ni menys que Pep! ¡El meu millor amic! ¡I en el meu somni!

—¡Pep! ¡Els somnis són un mocador! —vaig exclamar tot content.

—Ja em pensava que no vindries.

—¡Caram, Pep!, entre els uns i els altres no em deixareu respirar.

—És que estic en missió especial, nano, i necessite ajuda.

—¿Ajuda? Vinga, explica't.

Pep va seure a terra, abatut, com si acabara de rebre una lluenta carabassa carabassera en les ciències naturals que tan bé se li donen.

—Dani m'ha furtat Isa —em va dir tot desconsolat.

Isa és la xiqueta que li va entrar pels ulls, al Pep, a l'inici de curs. Des d'aleshores, el Pep viu enfavat, babau perdut per ella.

La confessió de Pep em va obrir els ulls: Pep havia mencionat Dani i jo m'acabava d'ensumar un partit de futbol. I atés que Dani és un fanàtic del futbol (i també del bàsquet) vaig veure les coses tan clares que em vaig plegar de braços, tal com fa don Facundo, el mestre de matemàtiques, que sempre es plega de braços i comença a fer colpets amb el peu quan alguna de les nostres meravelloses respostes aritmètiques li creua les celles.

La història de Pep i d'Isa ja me la coneixia, jo. Pep té deliri per Isa, però com és tan poc decidit com ho sóc jo a l'hora de visitar el confessionari, mai no ha gosat ni tan sols fer-li l'ullet, a la pobra xica. I, és clar, en aquest món tan accelerat tothom està a la que salta. I Dani, que té més morro que tots els negres de l'NBA, li havia llevat, a Pep, el caramel·let de les mans, un caramel·let molt atractiu, tot siga dit.

—Ho sent per tu, Pep del meu cor. Una altra vegada seràs més espavilat.

—¿Més espavilat?

—¿T'ho torne a dir o ho vols per escrit?

Pep es va posar dret i va mirar el castellot. Tot seguit, amb les mans a l'esquena, començà a caminar amunt i avall com si li hagueren donat corda.

—Espavilat, ¿eh? —remugava mentre em mirava de reüll.

—¡Tu diràs! —vaig exclamar tot convençut—. La veritat és que no m'estranya gens que Isa n'haja triat un altre per anar-se'n de festa. Esperant-te, a tu, la xicona es podia haver florit.

Ara qui va plegar-se de braços va ser Pep, però no a l'estil de don Facundo, sinó com Super-Mario, el de geografia. Quan l'home no sap què fer amb les nostres respostes, es plega de braços i els ulls li esdevenen navelines.

—No m'has entés, Fran *el Ràpid* —va aclarir Pep—. Dani m'ha furtat Isa. ¡L'ha segrestada!

¡Ep! ¡Això passava de mida!, i un servidor havia clavat el rem fins a més avall del nivell de flotació del colze. Demane disculpes. Les meues deduccions havien estat un poc precipitades. Dani no havia furtat el coret al meu amic, li l'havia segrestat, cosa que era molt pitjor.

Dani no havia sigut mai sant de la meua devoció.

Dani, que és tot un expert en això de gastar bromes pesades, pertany a la colla de bandarretes que fa perillar diàriament la pau de tota escola. Amb ell i la seua colla a prop perillen els esmorzars, les cadires netes, les sabates de trinca, i, sobretot, els tubs de pegament que usem per als treballs manuals.

—De manera que Dani ha segrestat Isa, ¿eh? —vaig dir, fregant-me la barbeta.

—Com ho sents. Finalment, i bé que em va costar, vaig proposar una cita a Isa. Ella va acceptar. Aleshores, quan estàvem a punt d'agafar-nos de la maneta...

—Això de «la maneta» sona coent, Pep.

—¡Mira, Fran, no em talles que em pose nerviós i perd el fil!

—Perdona'm, és que m'ha sonat tan coenta l'expressió...

Pep va guardar silenci. Es va quedar quiet, fent memòria. De sobte, esclatà en escarafalls amb braços i cames, tot empipat.

—¡Veus, ja m'he perdut, ja m'he perdut! ¡M'has posat nerviós i ja m'he perdut!

¡Angelet! En fi, ¿per a què són els amics? Em vaig acostar com un bon xic i li vaig donar uns colpets a l'esquena.

—Tranquil, Pep, estaves a punt d'agafar la maneta a la cirereta dels teus ulls.

Pep em va mirar, tot estranyat.

—¿La cirereta? —va dir, tombant el cap.

—Sí.

—¿Dels meus ulls?

A mi només em va eixir un gest amb el cap que d'afirmatiu acabà en dubtós, sobretot quan Pep començà a sacsejar el braç dret.

—¡Mira, tu, qui parla de coentors! ¡La cirereta, la cirereta dels meus ulls! ¿Que no és coent, això? ¡No ni poc!

I tenia raó. Si haguera pensat en una cirereta apegalosa, no hauria passat res de tot açò.

—Bé —va continuar Pep, alhora que donava descans al braç—, com deia, estava a punt d'agafarli la mà... —i de nou em va mirar mig burleta, el bord— a la cirereta dels meus ulls, quan va aparéixer Dani i em va dir que si volia recuperar Isa hauria de lluitar per ella. I en un tres i no res desaparegueren de la meua vista. Ara ni tan sols sé per on paren.

—Jo, sí —vaig dir, fent-me l'espavilat.

—¿Sí?

—¿T'ho torne a dir o ho vols per escrit?

¿De què em sonava a mi aquesta cançoneta?

—Home, qualsevol indicació em vindria de primera —em va dir Pep, esperançat.

—Són en aquest castellot.

Pep va mirar cap a la fortalesa.

—¿I com ho saps? —preguntà.

—Perquè ara mateix escoltava jugar al futbol. I ja coneixes quines són les debilitats de Dani i la seua colla d'ineptes.

—¿I ara ja no hi juguen?

—No, senyor. Ha sigut aparéixer tu i acabar-se el partit.

—Aleshores, hauré de posar mans a l'obra. El pitjor de tot és que hauré de fer cas de les paraules de Dani. Si vull recuperar Isa hauré de lluitar per ella.

—¿I quantes vegades t'he dit jo això, ceballot? Si vols coses has de lluitar per elles, i has de fer el que cregues convenient per aconseguir-les. Però tu, com ets un mitja col, vols que els desitjos et siguen concedits per art d'encantament.

—¡Home, és que sóc tímid!

—¿Tímid? —se'm va escapar.

—¿T'ho torne a dir o ho vols per escrit?

¡Ho sabia! Fran *el Ràpid:* tocat. Pep em donava a tastar una ració de la meua pròpia medecina. Qui pense que m'ho tenia merescut que alce la mà.

Com deveu haver comprovat més d'una vegada, els somnis són una il·lusió destrellatada. Però jo no em deixe enganyar mai. El Pep es trobava davant meu parlant-me de timidesa i donant-me xarop de la casa, i només vaig girar un segon els ulls cap al castell quan, de colp, me'l vaig veure tot ficat en una armadura de cavaller medieval.

—Caram, Pep, si que t'ho has agafat fort. ¿On vas vestit així, si pot saber-se?

—A salvar la princesa del castell, ¿on, sinó?

—¡Home!, ja sé que t'has llegit el còmic del Tirant *noséquantesmil* vegades, però aquesta coentor de ferralla ja és massa per a la carabassa. Si t'hagueres disfressat d'Indiana Jones encara ho comprendria...

—Però és que Isa es troba en un castell, ¿i quin millor vestit que l'armadura de cavaller per a anar a rescatar-la?

—Sí, ja, però com al capdavall ens trobem el Dràcula estiuejant ací, ja parlarem de la desil·lusió del pobre home quan rosegue llanderola.

Al costat de Pep (i no em pregunteu com) aparegué un cavall. Era el clàssic cavall del cavaller, és clar. No vaig dir res perquè sabia perfectament que Pep, pel que fa al cavall, hauria dit que tot cavaller havia de tenir un cavall. Lògic. El que no era tan lògic és que el cavall es trobara assegut, mentre es netejava, desficiós, les ferradures de les peüngles.

—¿Què?, ¿m'ajudaràs? —em va preguntar Pep.

No volia esclatar a riure més que res per no ferir la sensibilitat de Pep, però és que, ací, l'amic, s'havia quedat tot quiet, controlant el pes de l'armadura, i jugant amb l'equilibri que li vaig fer perdre d'un inesperat esternut. Segurament m'havia destapat al llit.

—Haurem de traçar un pla... —vaig dir pensatiu.

I Pep, de sobines en terra, bellugava la ferralla de braços i cames mentre exclamava:

—¡Ajuda'm, ajuda'm!

El cavall es rebolcava per terra i de tant de riure les llàgrimes li mullaven els renills.

Tot seguit, mentre Pep surava desesperat a terra, m'entraren ganes de fer deduccions lògiques:

—Si açò és un castell, ací falta un bosc, perquè els castells que a mi m'agraden han d'estar envoltats per un bosc.

Dit i fet. De seguida ens va envoltar tot un bosc de roures gegants i terrorífics. Dic que eren terrorífics perquè troncs i branques tenien l'aspecte més esglaiador que no havia vist mai: troncs que semblaven rostres de bruixots roïns i branques en forma de braços llargs i repel·lents que ens convidaven a deixar-nos enxampar per ells.

Inesperadament, van escoltar-se xiulidets al bosc. El cavall va dreçar les orelles i, al trot, se n'anà cap als roures sense saber massa bé quina direcció prendre. Jo tenia un gos que feia igual quan m'amagava per casa i el cridava. Jugant a conillets a amagar sempre he sigut el número u, no ho negue.

A tot açò, cames enlaire, Pep continuava demanant auxili com un desesperat. Jo tenia prou amb les meues cabòries.

—És clar que... —vaig dir, fregant-me la barbeta de nou, i sense traure la mirada del bosc de roures—, si aquest és un castell com cal...

—¡La Creu Roja, els bombers! ¡Que algú m'ajude! —escridassava Pep davant la meua indiferència.

—... ¡Ací falta un fossat ple d'aigua que envolte el castell!

¡No havia dit res!

El terra va desaparéixer davall nostre, i de sobte vam caure en un profund fossat, tot ple d'aigua estancada i pudenta.

¡Ecs, quin fàstic!

—¡A liquidar-me, tu has vingut a liquidar-me! —em deia Pep espantat, mentre xipollejàvem en l'aigua.

—Pitjor seria si hi haguera cocodrils —vaig fer-me l'optimista.

Pep em va ventar un calbot.

M'ho tenia merescut. Cocodrils de tota mena, i gegants, naturalment, ens assetjaven per la dreta i per l'esquerra. Pep, en vista del panorama, va deixar de xipollejar i em va dir:

—Mira, Fran, no m'ajudes més. Ja m'apanyaré tot sol.

I tot seguit es deixà enfonsar pel pes de l'armadura, de nou de braços plegats, decebut, mentre tots els cocodrils el perseguien, deixant-me, a mi, de segon plat... o per guardar-me en el rebost.

3
Dani

¡Havia de fer alguna cosa! ¡El meu millor amic estava en perill!

Amb el cap clavat en l'aigua vaig fitar cap a les profunditats del fossat. Els cocodrils es barallaven sense seny per clavar-li els queixals, a Pep, com si no hagueren menjat en mesos. ¡Quina situació més patètica!

De sobte, sorprenentment, Pep va eixir a gatameus del batibull de rèptils i va desaparéixer per un dels forats del clavegueram del castell. Sense perdre un segon vaig agafar aire (aire que suposadament havia de ser gegant), i em vaig enfilar pel forat del clavegueram per on havia vist desaparéixer Pep.

—Ja no esperava veure't —em va dir, només vaig eixir a la superfície—. Pensava que m'havies abandonat.

—Fran *el Ràpid* no abandona mai els seus amics.

—Doncs, amb els cosins germans dels fardatxos no t'he vist, jo, molt valent.

—¡Home, tot ha passat tan de pressa!... Però si t'haguera abandonat no em trobaria ací, ara.

Pep va guardar silenci. Vaig endevinar que s'havia mosquejat amb mi. Es pensava que li havia fallat. Però ell sap molt bé que sóc incapaç d'abandonar un amic amb problemes. A més, si no pots confiar en un amic, ¿amb qui podries compartir els teus secrets d'estat?

—¿Amics? —li vaig dir, oferint-li la mà.

Pep, que és un tros de pa, un vergonyós de la vida, i que a més sap que jo, Fran *el Ràpid,* sóc l'últim trapatroles del món que voldria defraudar-lo, va bellugar el cap com un ninotet, i va somriure com si l'hagueren enxampat enmig d'una entremaliadura i es fera el desentés.

—Vaaal, amics —va dir per al meu goig.

I ens donàrem la mà. Si no recorde malament, des que ens coneguérem aquesta era la quarta vegada que encaixàvem les mans per fer les paus; les altres tres tingueren lloc al món real. ¡Quanta raó té mon pare quan diu que «si un no vol, dos no rinyen»!

—Bo, ¿aleshores m'ajudaràs a rescatar Isa?

—¿Encara ho dubtes, Morgan? Ara que ens

trobem dins del castell tot serà més fàcil. Disposem de set hores per a dur a terme la teua missió.

—¿I per què només set hores?

—Perquè quan ma mare em desperte la missió se n'anirà a la porra.

—Missatge rebut, Fran, ¿per on comencem?

Calia que traçàrem el pla. Primer de tot vaig ajudar Pep a traure's l'armadura de sobre. No us ho creureu, però l'armadura era tota plena de queixals de cocodril. Pep no sols havia sobreviscut miraculosament a l'atac dels cocodrils gegants, sinó que a més havia deixat esdentegada mitja parentela dels rèptils.

—¿Què se n'ha fet, del cavall? —va preguntar Pep, sempre tan considerat amb el regne animal—. ¿No se l'hauran berenat els cosins germans dels fardatxos, veritat?

—El cavall se'n va anar al bosc de roures. Semblava com si algú l'haguera cridat. Almenys s'escoltaren xiulits.

—¿Xiulits?, ¿i de qui?

—¡Eu, Pep!, ¡i jo que sé! S'escoltaren uns xiulits i l'animal, com segurament va suposar que amb tu no tenia futur, va decidir tocar el dos per veure si trobava millor sort. I és el millor que va fer, perquè tu, de cavaller, res de res, ¿eh?

—¡Home, vaig pensar que la idea era bona!

—No, si ho comprenc, la idea era bona, però en lloc d'armadura podies haver-te posat unes bermudes.

—¡Sí, home, un cavaller vestit amb bermudes! ¡I

en comptes d'armes podia dur el poalet i la paleteta de la platja! ¡Hala, vés i toca't el nas!

Només d'imaginar-me Pep de cavaller estiuenc vaig esclatar a riure. ¡L'ataquet, m'entrava l'ataquet!, i em feia mal la panxa de tan bé com m'ho estava passant.

—Vinga —em va dir Pep mig seriós—, ¿de quin pla parlaves? Recorda que estem en els dominis de Dani.

—En els dominis de Dani, ¿eh? A Dani li diré jo quatre coses ben dites quan me'l trobe.

Aleshores vam endur-nos l'esglai més gran de tota la nostra vida. ¡Al sostre hi havia un ullot que ens mirava! Almenys això és el que escridassàrem espantats de seguida que el vam veure. ¡Un gegant ens estava vigilant pels forats d'un albelló! Ni pruna poguérem dir, perquè tot d'una el gegant (que ja podeu imaginar-vos qui era) va obrir l'albelló i ens va agafar sense misericòrdia.

¡¡¡Era Dani!!!

—¡Què passa, xicots! —ens va dir tot orgullós, mentre ens duia davant els seus ulls.

—Malament, Dani, això no s'hi val —li vaig dir plegat de braços, ben desenganyat.

—¡Com que no! —va exclamar ell.

—Ets un trampós, Dani.

—¿I això, per què?

—¡Home!, val que segrestes Isa perquè no tens idea bona.

—No tinc idea bona, això és correcte —va dir.

—Val que te l'emportes als teus dominis.

—Aquests són els meus dominis, això també és correcte.

—I val que els dominis siguen gegants.

—Això —va somriure Dani—, més que correcte, és evident.

—Però ara hi arribem nosaltres en missió de rescat i el xicotàs del Dani també és un gegant. ¡Te n'estàs passant!

Dani va amollar una forta rialla que va fer tremolar tots els murs del castell.

—Ara tingues un gram de consideració i baixa'ns d'aquestes altures, que Pep es mareja —li vaig recomanar, perquè amb la salut no s'ha de jugar.

No sé massa bé si Pep i jo engrandírem, o si tot el castellot (Dani inclòs) es va reduir a les nostres dimensions, vull dir a dimensions que ens feien veure-ho tot amb una grandària normaleta, res de gegant.

Dani ens mirava a través de l'abundant serrell que sempre li cau per davant dels ulls. Per a qui no el conega, diré que Dani té una de les dents de davant trencada, cosa que, si l'ajuntem amb la cara de conspirador que fa les vint-i-quatre hores del dia, li dóna un aspecte tan perillós que a penes veure'l per un corredor de l'escola t'entren ganes d'arrancar a córrer, encara que siga descalç per una pista d'atletisme encatifada d'argelagues.

—De manera que heu vingut a rescatar Isa —va dir Dani fent-se el fanfarró, mentre es plegava de braços.

En aquest somni plegar-se de braços havia de

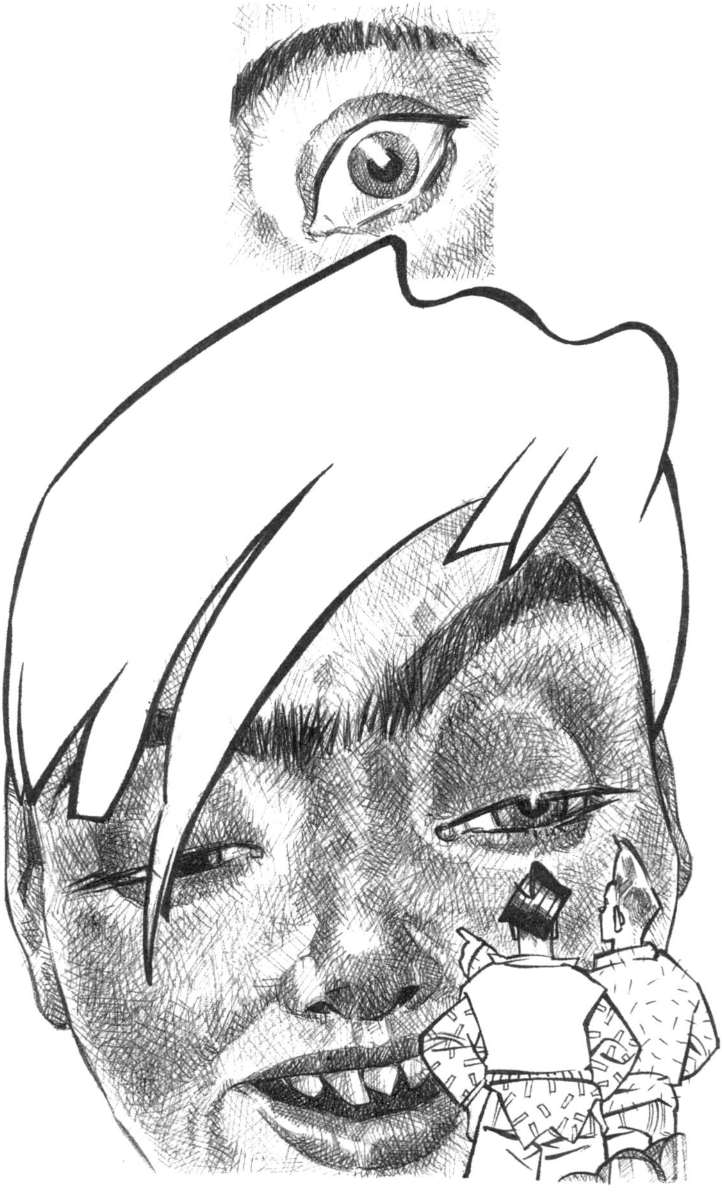

tenir algun tipus de bonificació, perquè llevat del cavall, dels cocodrils i dels arbres del bosc, Dani, Pep i jo ja ho havíem fet. I la nit només havia fet que començar.

—Jo he vingut en missió especial —es va fer el valent Pep—. He vingut a rescatar Isa. Fran només ve d'observador.

—¿En missió especial? —va dir Dani, estranyat—, no em faces riure. ¡Però si tu no rescataries una formiga d'un got de llet!

—¡Home! —vaig ficar cullerada—, això depén de la formiga i de la llet. Les formigues aprenen a nadar en llet desnatada, prenen el bany i es diverteixen en llet sencera, i fan múscul en llet condensada. ¡Ah!, i també està la llet en pols, per als esports d'hivern, naturalment.

¡Quin enfilall de ximpleries acabava d'amollar!

—¡Això són ximpleries! —digué Dani. El xic m'havia llegit el pensament.

—Rescatar animals en perill no és una ximpleria —va saltar Pep fent un passet avant.

A Pep, d'adult, me l'imagine igual de prim i desmanyotat com ara. No obstant això, estic segur que durà barba, bigot, gorreta de llana, i un vaixell entre les mans amb el qual solcar els mars per salvar balenes, foques, dofins o pingüins en perill d'extinció. De vegades es desespera perquè diu que quan arribarà a adult ja no hi haurà res a salvar. Diu que els adults d'ara s'estan carregant fins i tot l'aire que respirem. I té tota la raó. Jo ho comprove sempre que faig mandonguilles. El seu coloret grisenc em mosqueja cada vegada més.

—Bé —ens va dir Dani mentre passejava al nostre voltant—, per tant un de vosaltres ve en missió especial, i l'altre ve d'observador.

—Jo, més que d'observador, diguem-ne que pensava passar unes tranquil·les horetes de relaxament. Sempre aprofite els somnis per carregar piles. És una mania que tinc.

—¡Ja!

—El cas és que, sense saber com, m'he trobat davant del teu castell i amb el Pep demanant-me ajuda. ¡I ací estem!

—No podreu rescatar Isa —va afirmar rotundament Dani.

—Això és el que tu et penses.

—¡Sou al meu castell, als meus dominis!

—Sí, però els teus dominis són al meu somni,i als meus somnis sempre guanye jo. ¡No caldria sinó!

Hi ha dues coses que Dani no suporta. Una és l'entrepà de codonyat, (com tots sabreu, el codonyat és el major delator de queixals foradats de tota la història); i l'altra, que el desafien com acabava de fer jo.

—¿I si pagàrem el preu del rescat? —saltà Pep mentre li apareixia una bombeta encesa damunt del cap.

—No vull cap rescat —va dir Dani per tal d'apagar les esperances de Pep—. El que vull és que us doneu per vençuts.

—Doncs, tu guanyes —va amollar Pep—, ens rendim.

Jo, lògicament, em vaig indignar.

—¡Ei, para el carro, d'això res! ¡On s'ha vist una rendició sense lluita!

—Però jo el que vull és trobar Isa —em digué Pep—. I tu mateix sempre has dit que quan vols alguna cosa has de fer el que cregues convenient per aconseguir-la.

—Home, sssí... —vaig haver d'admetre.

—I jo ho tinc molt clar: ens donem per vençuts, Dani ens diu on trobar Isa, i tots contents.

—¿I no t'agradaria més trobar Isa en pla d'heroi invencible?

—Però, Fran, ¿tu em veus fent d'heroi invencible?

—La veritat és que no, però ací estic jo per ajudar-te i guanyar la partida al Dani.

Pep, amb les celles tortes, no semblava massa convençut:

—Si tu ho dius...

—Vosaltres mateixos —ens digué Dani alçant els muscles—, jo me n'he d'anar, perquè la meua colla m'espera per fer un partidet de bàsquet i encara hem de buscar la pilota.

Dani es va fer fonedís en un tres i no res, quasi deixant-nos amb la paraula penjada dels morros. Bé, en realitat, dels morros de Pep, no hi penjava res, però quan va veure Dani tocar el dos amb aquells aires de suficiència es va posar frenètic. De sobte semblà com si a Pep l'haguera travessat tota una enrampada de 2.000 volts mentre feia la intenció de perseguir Dani per arrapar-lo, estrangular-lo i passar-lo per la trituradora del dentat.

—¡Tranquil, Pep! —li vaig dir mentre el subjectava amb prou esforços.

—¡Em pot, Fran! ¡Dani em pot!

¿Alguna vegada heu subjectat un bouet? Subjectar Pep quan es troba cabrejat és igual. L'única diferència que he trobat sempre rau en les orelles; les del bouet no deuen passar ànsia, però les de Pep es posen roges, d'una intensitat que et fa parpellejar com si t'acabares d'alçar del llit i et posaren el sol de cara.

Bé, després de retornar les orelles de Pep a la seua coloració natural ens posàrem en acció, perquè les set hores que teníem per rescatar Isa s'havien reduït sorprenentment a sis. No cal dir que Pep es va posar de volta i mitja, i per molt que vaig repetir-li que, als somnis, el temps volava a reacció, no el vaig poder tranquil·litzar del tot. Sabia que, molt en el fons, Pep se sentia derrotat, ¡derrotat i sense haver fet res encara per trobar Isa!

—Vinga, bajocot, buscarem la perla dels teus ulls, que encara cauràs malalt del disgust —li vaig dir per allò de donar-li confiança.

Ell va moure el cap i es guardà les mans a les butxaques dels pantalons. Estava morrut.

Només restava una cosa a fer: posar-nos en marxa.

4
¿Pólvores? No gràcies

Una inspecció de reconeixement pel castell va ser la primera cosa que posàrem en pràctica. Amb tot, he d'admetre que el castellot de Dani tenia bons ingredients per a fer-nos fracassar en la nostra missió. Xinoxano, ens trobàvem amb sorprenents escales que pujaven i baixaven, amb uns corredors molt estrets i uns altres que, d'amples i llargs que eren, ens feien perdre per complet el sentit de l'orientació.

Havíem esgarrat moltes teranyines per obrir-nos pas, i de vegades ensopegàvem amb corredors pels quals, per a desgràcia de les aranyetes, descobríem que ja havíem passat.

—No ho aconseguirem, Fran.

—¡Ostres, Pep, no mareges! Només fem una inspecció de rutina. ¿Com vols que trobem Isa si no reconeixem el terreny?

La veritat siga dita, perdre's pels soterranis foscos del castell va ser el millor que férem en tota la nit.

Després de camejar una bona estona triant escales que baixaven en lloc de les que pujaven, més que res per allò d'estalviar-nos l'esforç que comporten sempre els escalons empinats, Pep, i ací, un servidor, donàrem per conclosa la inspecció de rutina en un corredor boirós i pudent que, a mi personalment, em va fer molt mala espina.

—Crec que hem equivocat el camí —va observar Pep sense allunyar-se del meu costat.

—Jo crec que també —vaig coincidir.

El foc de les torxes que penjaven dels murs tremolava al pas d'inesperades alenades d'aire que feien revifar la boira al nostre voltant. ¡Quin fred! Al pobre Pep li tremolaven fins i tot els botons de la camisa.

—¡Seria vosté tan amable!... —vaig dir com si cridara un taxi, en veure una ombra que passava de llarg pel fons d'un dels corredors.

La boira no ens deixava veure de qui es tractava, però un tric-i-troc de passos que s'hi acostaven ens va indicar que la meua petició d'ajuda no havia estat desatesa.

—¿Qui pot ser? —preguntà Pep mentre l'ombra, mig oculta per la boira, se'ns acostava cada vegada més.

El tric-i-troc es va fer inesperadament anguniós i tètric. L'ombra creixia a poc a poc, ranquejava i emetia sorolls reumàtics. Una nova alenada d'aire tornà a alçar la boira i, tot d'una, en un tancar i obrir d'ulls, se'ns va posar a un pam del nas una calavera geperuda que ens mirava amb les seues conques grans i negres.

—¡Ahhh!, tranquil, Pep, és un calavera —vaig dir per dissimular l'esglai.

El silenci de Pep em va mosquejar. Suposava que Pep estaria blanc, bocabadat, petrificat i amb els cabells de punta, de manera que vaig fer-li una ullada per confirmar les meues suposicions.

Però Pep no era al meu costat. O millor dit, Pep no era *dret* al meu costat. Pep es trobava estés a terra. I tal com jo havia suposat, estava blanc, bocabadat, petrificat i amb els cabells de punta; però estés a terra i amb els braços en creu, per a més detalls.

La calavera ens mirava encuriosida, somrient, preguntant-se segurament què féiem nosaltres dos, generació del segle XXI, perduts en aquell soterrani pudent i solitari.

—¿Seria vosté tan amable de dir-nos per on podem eixir d'aquest soterrani? —li vaig preguntar, mentre feia per plantar inútilment el ninot de goma que ara tenia per amic—. És que ens hem perdut, sap, i, a més, ara el meu col·lega necessita aire fresc. He d'inflar-lo.

Ben vista, la cosa mancava de lògica. Les calaveres no tenen ulls ni orelles, però com que no podem oblidar que açò és un somni en tota regla, hem de donar per cert el que va succeir a continuació.

Tot just quan Pep recuperava el coneixement, la calavera, sense deixar de mirar-nos i després d'escoltar la meua petició d'ajuda, em va fer un senyal amb els ossos d'un dit per tal que la seguírem. ¡Quina emoció!, no m'havia trobat mai amb una calavera tan solidària.

—¿Què ha passat? —va preguntar Pep mig atabalat encara.

—No res —vaig contestar amb tota naturalitat—, seguim una calavera que ens traurà dels soterranis.

—Ah, bé.

Pep tardà només uns segons a reaccionar.

—¡Una calavera!

—¿T'ho torne a dir o ho vols per escrit?

¿De què em sonava a mi aquesta cançoneta, caram?

—Una calavera no ens pot dur res de bo —va gemegar Pep.

—¿I tu com ho saps, això?

—Perquè la calavera és el distintiu de tot el que és dolent i perillós; la calavera, les tíbies encreuades...

—Compte amb el que dius, foraster, que tots amaguem una calavera dins del cos.

Pep em va fer un gest reprovatori amb la mà.

—'Esquelet', Fran, el que amaguem dins del cos cal anomenar-ho 'esquelet'. Un esquelet sense cos és el que vulgarment i de forma inexacta de vegades anomenem 'calavera'. ¿Veus la diferència?

—De cap manera. Per a mi un esquelet o una calavera és la mateixa cosa.

—Però cal ser just amb les definicions, Fran: una 'calavera' està formada només pels ossos del cap, mentre que l''esquelet' és el conjunt d'ossos d'un cos sencer.

—¡Tant se val, Pep, calavera o esquelet!

—No, si jo ho deia per evitar confusions...

—¡I si vull anomenar *calavera* un 'esquelet', a tu, què?

No vaig rebre cap comentari a la meua rampellada, perquè de colp relliscàrem escridassant per una ossera tota plena de cranis, fèmurs, clavícules, tíbies, peronés, columnes vertebrals i supose que algun os de pollastre.

L'ossera ens envoltava pels quatre costats i ens engolia sense misericòrdia. Lluitar desesperadament per no enfonsar-nos era del tot inútil. L'ossera ens engolia sense pietat, com un rellotge d'arena s'engoliria els grans. ¡Quin patiment més angoixós! Pep escridassava, jo escridassava, els dos escridassàvem mentre ens escolàvem cap al coll d'aquell inesperat i sorprenent embut. ¡Açò no estava previst!

Tot va ser tan ràpid que ni tan sols ens adonàrem que, de seguida, caiguérem sobre una bona pila d'ossos, al cim de la qual, barrejats entre l'ossam, ens quedàrem asseguts i tossint enmig de la polseguera alçada per l'impacte.

—¿Et trobes bé, Pep? —vaig interessar-me mentre em refregava els ulls.

—Els ossos em fan un poc de mal —em digué Pep.

Qualsevol altra resposta hauria estat fora de context, ¿no trobeu?

—¿Es pot saber on som? —va preguntar ell. Jo, la veritat, no em vaig preocupar massa. Jo era al llit, dormint.

La polseguera va deixar pas, de seguida, a la boira que ja coneixíem. Aleshores va ser quan endevinàrem que la boira no era boira sinó baf, el baf blanquinós i pudent que vessant-se per dos perolots redons posats al foc, s'escampava pel terra fins a perdre's per les escletxes i forats de l'espècie de caverna on havíem aterrat.

—¡Ja ho sé! —vaig exclamar—, ¡açò és la sala de calderes!

Pep es va plegar de braços.

—Fran... —em digué, amb el cap de costat.

—¿Què?

—Als castells no hi ha sala de calderes. Les sales de calderes, com les sales de màquines, són als vaixells.

—¡Ai! —em vaig sorprendre mentre fitava els perolots.

—Als castells hi ha sala d'armes, dels reis...

—¿I de jocs?

—Home, també, el joc dels escacs, per exemple, era el que més s'hi jugava entre cavallers.

—¿I a mort-i-pam també jugaven?

Pep va esclatar en escarafalls descontrolats.

—¡Sí, home, el rei Artús i els Cavallers de la Taula Redona, jugant a mort-i-pam! ¡Hala, vés i corre!

L'inconfusible grinyol d'una porta que no véiem ens va fer callar en l'acte. De seguida i per a la meua sorpresa, la calavera geperuda que ens havia dut a aquell cau aparegué del no-res i començà a remenar la sopa de les peroles amb dues espasotes rovellades. Sí, ja ho sé, com havia dit Pep, el que jo anomenava calavera era en realitat un 'esquelet', però com sóc més tossut que una mula seguiré anomenant 'calavera' qualsevol conjunt d'ossos amb aspecte d''esquelet'. Manies meues. I, tranquils, que d'adult no vull ser metge traumatòleg.

—¡Seria vosté tan amable!... —vaig dir a la calavera geperuda, amb gest de braç i tot.

La calavera, que de sorda ja sabeu que no tenia res, va girar el cap i em va mirar per damunt de la clavícula. Ni cas em va fer. Remenar les peroles semblava més important.

Vaig mirar Pep un poc mosquejat. De seguida vaig trobar que els ulls del meu amic, de grans i vius que els tenia, s'havien tornat groguencs i malaltissos. I els cabells castanys que sempre duu curts i mil·limètricament retallats, eren llargs, grisencs, i ara tenien l'aspecte d'haver patit els efectes d'un vendaval d'aquells que en els espais meteorològics de ràdio i televisió són qualificats com de «llevantet sense importància».

El nas aguilenc de Pep baixava en barrina i la barbeta li relliscava cap amunt fins a quasi tocar-li el nas. I tot açò, afegit a unes celles negres d'espart i a un farcit congrés d'arrugues i plecs com no havia vist mai, em va ajudar a deduir que no, que això no era Pep.

—¿Qui sou, vosaltres? —va dir aquella cosa que em mirava, i que no era el meu Pep de l'ànima.

—¿Nosaltres? —vaig dir, tremolós.

Els ulls d'aquella cosa m'observaren, espietes.

—¡Turistes! —vaig amollar, i que ningú no em pregunte per què vaig dir això.

—¿Turistes? —va repetir aquella cosa mentre mirava Pep, que era estés a terra, blanc, bocabadat, petrificat i amb els cabells de punta.

—Turistes en missió de rescat —vaig afegir.

Aquella cosa es va fer arrere un poc sorpresa.

—Sóc Fran *el Ràpid* —vaig presentar-me, amb la mà allargada.

¿Alguna vegada heu donat la mà a *una sargantana?* Doncs, la mateixa sensació vaig patir jo quan aquella cosa va acceptar la meua salutació mentre em deia que era la bruixa oficial del castell.

¡Vés per on!, l'última cosa que m'esperava era trobar una calavera geperuda i una bruixa desficiosa en la nostra missió de rescat.

—De manera que turistes en missió de rescat —digué la bruixa—. ¿I què voleu rescatar?

—Una xiqueta, es diu Isa, i sabem que es troba segrestada en algun lloc del castell.

La bruixa va esclafir a riure i se n'anà cap a les peroles.

—¿I penseu trobar-la ací baix, a l'infern del castell? —va dir abans d'amollar una nova rialla tan forta que va traure Pep del desmai.

—El cas és que ens havíem perdut pels soterranis —vaig explicar—, i el seu majordom, molt amable, ens va indicar el camí d'eixida. I ací ens té, de turisme.

—¿Què passa, Fran? —em preguntà Pep tot atabalat.

—No res, que hem caigut en el laboratori d'una bruixa mig histèrica, això és tot.

—Ací no trobareu el que busqueu... —ens digué la bruixa mentre, amb les mans, feia exercicis màgics sobre una de les peroles.

—Bo és saber-ho —va dir Pep tot decidit—. Au, toquem el dos.

—... però us puc ajudar en el vostre rescat —afegí ella—. Amb els meus elixirs i pólvores màgiques, vaig ajudar molts reis i cavallers a aconseguir els seus desitjos. Alguns ni tan sols gosaven prendre decisions sense consultar-me abans. Els pobres depenien de les meues pólvores. No podien viure sense elles. I amb elles somiaven amb el paradís...

—Això és fals —la va tallar Pep—. Els cavallers medievals només depenien de la seua espasa i del seu coratge. No necessitaven pólvores màgiques per a fer realitat els seus desitjos. Qui depén de pólvores, encara que siguen màgiques, està perdut. ¡Vosté és una mala peça i ens vol enganyar!

La bruixa esclatà en una rampellada de mal geni. Segons es veu, Pep li havia ferit la reputació.

—¡Per tant, dubtes dels poders màgics de les pólvores! —exclamà la bruixa, enfurismada.

—En absolut —li va dir Pep—, no dubte dels poders de les pólvores i dels seus possibles efectes. És per això mateix que, si pensa que les tastaré, va vosté ben llesta.

Tot seguit Pep es va plegar de braços i va girar el cap en senyal de menyspreu. Jo estava a punt d'al·lucinar, i no —afortunadament— per l'efecte de les pólvores màgiques de la bruixota.

En cosa de segons, gràcies a les enèrgiques ordres de la bruixa, els nombrosos ciris que s'escampaven per taules, gàbies, prestatgeries i llibres d'encanteris, es van encendre amb sorolloses flamarades blavoses i rogenques. La calavera geperuda s'acostà a la pila d'ossos en la qual havíem caigut i, començant per un crani, va triar un joc complet d'ossos que, tot seguit, disposà ordenadament en una espècie de taula d'operacions.

¡Quin cacauar s'estava armant allí dins!

La bruixa pronunciava receptes màgiques amb els braços oberts mentre la calavera muntava el nou esquelet i, entre os i os, remenava les peroles d'on eixien trons i rellamps. El baf creixia en volum i pestilència al nostre voltant, sobretot en pestilència. Potser, els ingredients que bullien en les peroles havien d'estar un poc rancis.

—No et cregues res, Fran —em va dir Pep molt segur d'ell mateix—. Segurament, com que es va carregar tota la clientela, aquesta maleïda bruixa ens vol fer addicte a les seues pólvores màgiques.

—Però ha dit que ens pot ajudar a rescatar Isa —vaig recordar.

—¡Home, alguna cosa havia de dir per fer-nos caure en la trampa!

—¿I si en realitat no hi ha cap trampa? ¿I si en realitat fóra cert que ens vol ajudar a rescatar Isa?

—¡Que no, Fran! —negà Pep amb un moviment enèrgic del cap—, que qui juga amb foc acaba cremant-se, i jo no vull històries amb pólvores.

Em vaig plegar de braços. Estava a punt de deixar caure una ximpleria.

—¿I no deu ser que tens por? —li vaig dir.

—¿Por?, el que tinc són dos dits de front. ¡I prou de bajanades!

Pep havia dit que tenia dos dits de front, cosa que em va fer establir càlculs. La meua mà al front em deia que jo tenia quatre dits de front, i el front de Pep, amunt o avall, era com el meu. Per tant, Pep s'havia equivocat; s'havia quedat curt. Pep tenia més de dos dits de front, com a poc quatre.

Per desgràcia no vaig poder traure Pep de l'equivocació perquè de seguida la bruixa ens va plantar vora la taula d'operacions, davant mateix de l'esquelet acabat de muntar per la calavera geperuda.

—¡Incrèduls ignorants! —s'enfurismà la bruixa—. ¡Us demostraré els poders de les meues pólvores!

Tot seguit es va omplir una ungla amb la poció verdosa i pestilent que, entre trons i rellamps, bullia en una de les peroles, i la va vessar entre les mandíbules mig esdentegades de l'esquelet; mentre, amb l'altra mà, escampava pólvores blanquinoses per totes les articulacions dels ossos.

Em vaig quedar bocabadat. ¡L'esquelet començava a bellugar els dits de les mans, dels peus!...

—¿Has vist això, Pep?

¡L'esquelet cobrava vida entre les rialles histèriques de la bruixa, i Pep, tossut que tossut, continuava de braços plegats i amb un aspecte de completa indiferència!

El que té de graciós el cas és que la calavera geperuda, com havia triat ossos de diferents patrons, havia fabricat una calavera coixa, és a dir, una cosina germana amb una cama més curta que l'altra i, a més, amb un cap digne de fer-li la volta en vuitanta dies i mig.

—¿I ara? —ens va dir la bruixa—, ¿dubteu dels poders de les pólvores?

—¡Jo no! —vaig dir alçant un dit.

—Tu calla —em va ventar un calbot Pep.

—¡Eu! —em vaig queixar.

—¡Ni parlar-ne! Ací ningú no dubta dels poders de les pólvores i dels seus efectes. És precisament per això que passem olímpicament d'elles. No volem acabar cadavèrics perduts. Si li sóc sincer, jo aspire a morir-me de vell i no a morir-me de ganes per tastar pólvores, per molt màgiques que siguen. ¿Tu què dius, Fran?

—Home, jo preferiria no morir-me de res, però, ja posats i com que la cosa és llei de vida, també m'estime més arribar a la jubilació.

—Ben dit.

—M'he lliurat d'un altre calbot, ¿eh, Pep?

—Això com a poc.

La bruixa va bellugar el cap i davant nostre va desplegar tot un arsenal de pots que ens va oferir un darrere l'altre, sobretot a Pep, el seu enemic principal en tota aquesta tramoia.

—Tasteu les pólvores per veure el futur —ens ordenà la bruixa.

—No, gràcies —les va rebutjar Pep.

—¿Pólvores per tenir la força de cent dracs?

—No.

Jo, mut.

—¿Pólvores per a viure les nits?

—Que no.

—¡Pólvores per estalviar-vos problemes!

—¡Caram, que pesada!, ¿però no li estic dient que no?

—¿I aquestes? —s'entossudia la bellesa de l'antigor—, són per a rescatar donzelles segrestades.

—Rescatarem Isa amb altres recursos, gràcies. I ara, si fóra tan amable d'indicar-nos l'eixida...

La bruixa, ben molesta, es va encomanar a tota la parentela de Belcebub, qui segons vaig llegir una vegada a la biblioteca, és tot un príncep dels dimonis que apareix al testament de no sé qui.

—¡A les peroles! —va ordenar a les calaveres—, ¡llanceu-los a les peroles!

La calavera coixa em va agafar pel coll i em va alçar en alt. Segurament patia un excés de calci i la mala bèstia tenia la força dels cent dracs, de què havia fet menció la bruixa. Pep també havia estat enxampat i la calavera geperuda se l'enduia carregat sobre la corba de les vèrtebres cap al destí que nosaltres mateixos havíem triat.

Convindreu amb mi que lluitar contra la força de cent dracs era lluitar amb desavantatge.

—¡A les peroles, llanceu-los d'una! —repetí la bruixa.

I les calaveres, sense donar-nos cap oportunitat per a escapolir-nos-en, ens van llançar de nassos dins de les peroles de les pocions pudentes. Els nostres cabussons sonaren com dos ¡blofs! d'allò més desagradables; blofs que no tenien res a veure amb el que jo entenia per passar unes horetes de distracció i de relaxament.

5
Cavallers de Camelot

Supose que situacions angoixoses com aquesta que patíem Pep i jo, submergits vilment en les pocions d'unes peroles diabòliques, són les que transformen els somnis en malsons i els llits, on hauríem de dormir plàcidament, en insòlits embolics de mantes i llençols.

En qualsevol cas, el que no podem dubtar és que Pep i jo ens trobàvem en una situació ben compromesa. A mi començava a faltar-me la respiració, em feien mal els ulls de tan tancats com els tenia i, a pesar de tot, no deixava de lluitar contra la força dels cent maleïts dracs. Però no podia donar-me per vençut, aquest somni era meu i no podia deixar un amic a l'estacada.

¡Tot no podia acabar en el fons d'aquelles olles pudentes! ¡Havíem de salvar-nos!

I, efectivament, així va ser. Per a la nostra sorpresa va passar un fet insòlit. La força que ens empenyia cap al fons de les peroles, de sobte, ens va agafar fortament dels cabells i d'una estirada ens va lliurar de l'asfíxia. Per uns moments, vaig pensar que la bruixa pretenia fer-nos un xantatge, donant-nos a triar entre les seues pólvores o una nova immersió en les seues pocions.

Però quina va ser la nostra sorpresa quan, després d'unflar-nos d'aire i d'eixugar-nos els ulls, vam adonar-nos que no érem a les peroles, sinó en un parell de tonells plens d'aigua, dels quals ens havien tret dos homes barbuts i ben cepats. Fer-los una ràpida ullada de dalt a baix em va fer relacionar-los de seguida amb els tornejos i les lluites a espasa que tant agraden a Pep.

—¡Però si són dos xavalots! —exclamà, somrient, el que m'havia salvat a mi.

—¡Sí —digué l'altre—, dos xavalots ofegant-se en tonells d'aigua!

Efectivament, era aigua el que ens mullava, res de caldos ni pocions. De la bruixa i del seu cau pestilent no hi havia rastre. Al nostre voltant tota una formació de tonells tancats, i que feien pudor a vi de festejos i banquets, ens va indicar que érem al celler del castell... o al celler de l'infern del castell, perquè

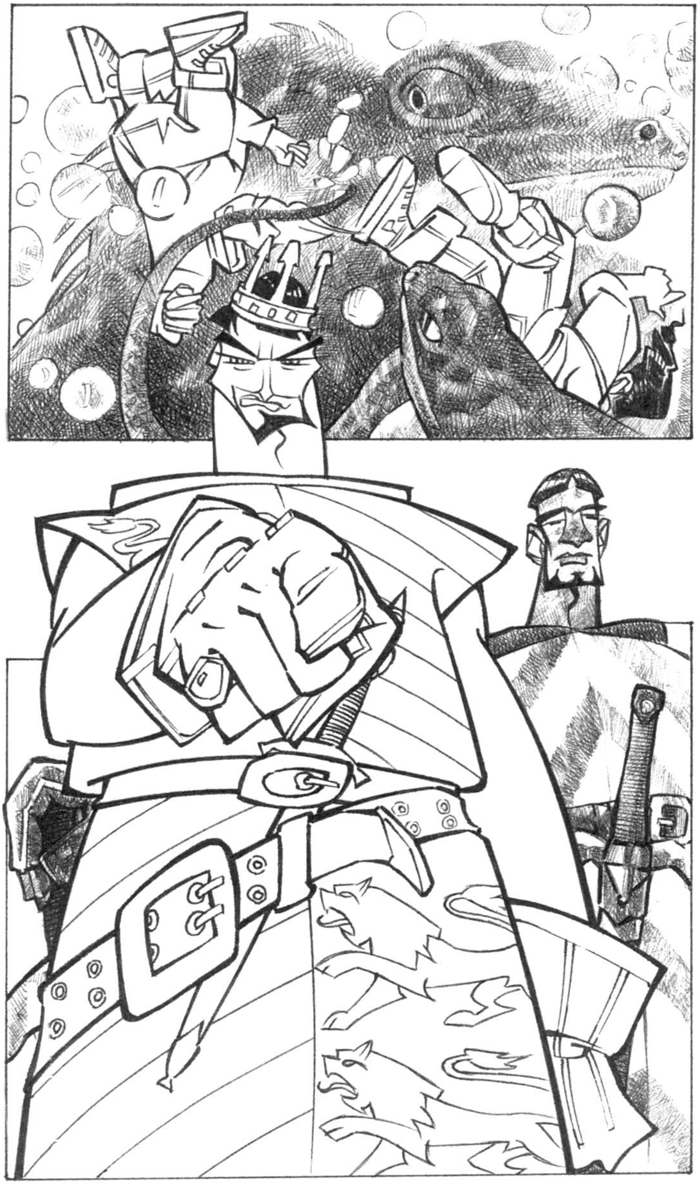

encara no estava jo molt segur d'haver-nos lliurat de la maleïda bruixa histèrica.

Posàrem peu a terra. Pep encara tossia quan ho va fer.

—¿Aturem el nostre joc? —va dir un dels homenots, el que semblava més jove.

—Aturem-lo —va dir l'altre—, però recorda que te'n porte deu d'avantatge.

Però, ¿deu què?, em vaig preguntar de seguida. Era ben clar que la nostra estrambòtica arribada als tonells havia tallat el joc que els nostres providencials salvadors portaven entre mans.

—¿A qui tenim el gust d'agrair la nostra salvació? —vaig preguntar-los abans de fer el segon esternut de la nit.

—¿Salvació? —exclamà un dels homes.

—¿D'uns tonells d'aigua? —exclamà l'altre.

I tots dos alhora esclafiren en una riallada d'aquelles que solen fer els herois i els aventurers que no tenen por de res.

—Sóc Lancelot —va dir el meu salvador mentre m'agafava amistosament dels braços.

—¡El cavaller Lancelot! —saltà, sorprés, Pep.

—Lancelot del Llac —completà el cavaller, mentre m'agafava, somrient.

Pep, bocabadat perdut, mirà qui l'havia salvat, a ell:

—I vosté, potser, deu ser...

—Artús, rei de Camelot —digué l'altre, amb les mans als malucs.

—¡El rei Artús! —va exclamar Pep abans de caure estés a terra de l'emoció. A mi no és que em semblara malament que el xic es passara la nit desmaiant-se, però ja m'estava entrant cert complex de socorrista amb tantes pràctiques de reanimació.

El rei Artús, un poc sorprés per la gesta del meu amic, es va plegar de braços. En aquestes altures del somni, la veritat, la cosa no em sorprenia massa.

—¿Què li passa, al teu amic? —em va preguntar Lancelot—, ¿potser ha vist un fantasma?

El rei Artús i Lancelot es van mirar, burletes... i esclafiren en una nova i estrident riallada mentre que jo feia de socorrista per tercera vegada en la nit.

—No sé si haurà vist un fantasma —vaig aclarir—, però fins arribar ací ens hem topat amb cocodrils gegants, amb un mala peça que es diu Dani, i amb una bruixa histèrica i dues calaveres de fira de cent dracs de potència cadascuna.

—I heu sobreviscut a tot, segons podem veure —va dir Lancelot.

—¡Per tots els vitralls de la Gran Sala de la Taula Redona! —va continuar el rei amb un gest d'orgull—, ¿veritat, amic Lancelot, que els nostres valerosos amics mereixen ser nomenats cavallers?

—Veritat, dius, ¿però quina gran aventura us ha fet córrer tan diversos perills?

—Ací, a l'amic, que li han segrestat la cirereta dels seus ulls —vaig explicar, tot i rosegant-me la llengua automàticament.

Lancelot i Artús creuaren mirades conspiratòries. Ho temia.

—¿Cirereta? —va dir el primer.

—¿Dels seus ulls? —va completar el segon.

I ja us podeu imaginar què van fer tot seguit. Exacte, esclataren a riure mentre que jo sacsejava Pep ¡per-tal-de-re-a-ni-mar-lo! (És que em vaig mosquejar un poc.)

—Noble i valerosa empresa heu escollit per demostrar la vostra valentia —va dir Lancelot.

El rei, tot decidit, va desembeinar l'espasota que li penjava del cinturó. No havia vist mai cosa igual. Era una espasa fantàstica, gran i lluenta. Per uns segons, vaig tenir la sensació que aquella espasa devia pesar com tot el regne de Camelot, si bé empunyada pel rei Artús semblava tan lleugera com una ploma d'àguila.

—El rescat d'una dama mereix els més grans honors i les més altes distincions —va dir el rei amb tota la solemnitat—. Pronuncieu els vostres noms si voleu pertànyer al noble exèrcit dels cavallers que formen la Taula Redona.

—Jo em dic Fran *el Ràpid* —vaig informar—, i ací, l'amic, Pep, a seques.

I va continuar el rei:

—Estranys noms, teniu, però no més estranyes i insòlites són les aventures viscudes pels cavallers de la Taula Redona. Sir Perceval, sir Lionel, sir Agravine, sir Hèctor...

Aleshores, un sobtat calfred em va fer esternudar

per tercera vegada en la nit. O bé continuava destapat al llit, o bé patia els efectes de l'aigua dels tonells. En qualsevol cas el rei Artús, que duia camí d'esmentar tots els cavallers de la Taula, segurament va interpretar el meu esternut com una indirecta perquè, tot seguit, va concloure amb la relació de cavallers que havien ocupat els seients de la Taula Redona.

—... sir Lancelot —va continuar amb una mirada reprovatòria pel meu esternut—, i tota la resta de valerosos cavallers, estaríem molt orgullosos que formàreu part de la colla...

Lancelot va dissimular una tosseta.

—... vull dir, de l'Orde del Graal.

¡No havia dit res, l'Artús! ¡L'Orde del Graal! Havia escoltat parlar moltes vegades d'ella, sobretot al Pep. La bruixa histèrica no havia aconseguit fer Pep addicte a les seues pólvores màgiques. Havia d'haver provat amb un conte medieval, perquè si d'alguna cosa és addicte Pep és dels contes medievals. El seu heroi preferit és el Tirant però, dels cavallers de la Taula Redona, també me n'ha contat una infinitat d'històries, si bé jo sempre he intentat evitar-ho perquè no m'agrada que em conten ni els llibres ni les pel·lícules. Afortunadament, al cine anem quasi sempre junts, però contra els llibres no tinc res a fer. Pep té la mania de contar-me totes les aventures que llig abans de dormir, cosa que, com he dit, no m'agrada gens, però com la seua mania és persecutòria, per molt que intente fugir d'ell pels corredors de l'escola, el borinot sempre acaba per enxampar-me i per descobrir-me misteris, secrets, lluites i vencedors de tot el que li ha entrat pels ulls la nit d'abans. I si una pel·lícula cal veure-la, un llibre cal llegir-lo, perquè si t'ho conten tot la cosa no té gràcia i al capdavall l'únic que s'ho ha passat de primera amb la pel·lícula o amb el llibre és qui t'ho ha contat, ¿no trobeu?

Bé, continuem el somni, perquè m'havia deixat el pobre rei Artús amb l'espasa en alt, i el Lancelot plegat de braços, i després d'haver estat salvats per ells mereixien tota la consideració.

El rei, després d'escoltar la tosseta de Lancelot, va posar l'espasa damunt del meu cap i digué:

—És per això que jo, Artús, rei de Camelot, et nomene a tu, Fran *el Ràpid,* cavaller de l'Orde del Graal.

I tot seguit em va deixar caure l'espasa tres vegades sobre els muscles. Si sóc franc, vaig patir enormement per les meues orelles.

Pep continuava desmaiat, però això, al rei, semblà no importar-li gens i va repetir l'operació. De primer li posà l'espasa damunt del cap. Després, amb tota la solemnitat, digué:

—I a tu, Pep *a Seques,* pels mateixos poders que m'atorga el meu regnat, et nomene també cavaller de l'Orde del Graal.

Ara perillaren les orelles de Pep, però també va perillar el meu nas. Era el risc que havia de patir per aguantar Pep amb certa dignitat mentre el nomenaven cavaller.

—Ja sou cavallers de l'Orde del Graal —anuncià el rei, mentre embeinava l'espasa.

—¡Hem de celebrar-ho! —exclamà Lancelot, alhora que omplia dues gerres de vi.

(No em pregunteu d'on van eixir les gerres, perquè quan vaig adonar-me'n Lancelot ja les tenia a les mans.)

—De manera que ja som cavallers —vaig dir.

—Amb tots els drets i totes les obligacions —afegí el rei.

—La veritat, no m'esperava tot açò.

—El món dels cavallers errants sempre et sorprendrà, amic meu.

—¡Home, no li lleve la raó!, però ser nomenat cavaller al celler del castell de l'enemic... ¡què vol que li diga!

Els nostres salvadors, com si reprengueren l'activitat interrompuda per la nostra insòlita arribada als tonells d'aigua, començaren a furonejar pels racons del celler acompanyats per les dues gerres de vi. Jo no els llevava ull. Semblava que buscaven alguna cosa com en un estrany joc que donaria la victòria a qui primer la trobara.

—No oblides que te'n porte deu d'avantatge —li va dir el rei Artús a Lancelot.

—No ho oblide —va contestar-li aquest.

I mentrestant obrien tonells, colpejaven les parets i comprovaven l'estat de tot el que penjava dels murs. Jo no trobava trellat en tot allò. El rellotge indicava que ens quedaven cinc hores per a rescatar Isa i allí em trobava, al costat del Pep, mentre el rei Artús i Lancelot em despertaven la curiositat amb la seua actitud atrafegada i afanyosa.

—¿Què ha passat? —va dir Pep poc després, només obrir els ulls.

¡Em vaig posar boig de content! Per fi vaig amollar-lo, encara que ell continuà uns segons assegut a terra com un pardalot.

—¡Ja era hora! ¿Saps que m'estàs donant la nit amb tant de desmai, figa-flor?

—No t'ho creuràs, Fran. He somiat que coneixíem el rei Artús i la seua mà dreta, Lancelot del Llac.

—Temps mort, amic meu, que ací qui està somiant sóc jo.

—Doncs, ho he somiat, t'ho promet.

—¿M'ho promets?

—¡Paraula!

—I si et dic un secret ¿em dónes la teua paraula de no tornar a desmaiar-te?

Pep va fer un gest sense garanties. Si d'alguna cosa està sobrat Pep, és d'honestedat.

—No has somiat amb els teus herois...

—¡Que sí, Fran!

—Que no, Pep, que són ací, en aquest celler pudent.

Pep els va reconéixer de seguida en veure'ls furonejar entre ombres, racons i tonells.

—¡Aleshores, és cert! —exclamà.

—Tan cert com que açò és un somni. Però, per favor, no et tornes a desmaiar, que ens estem quedant sense temps i d'Isa encara no n'hem trobat ni la primera vocal.

—Tranquil, Fran, no em desmaiaré —em digué Pep amb els ulls molt oberts i sense perdre detall del joc dels dos cavallers. El xic semblava hipnotitzat i més feliç que un gos amb un os de pernil.

—¿Què hi fan? —preguntà.

—Sembla que busquen l'amagatall d'alguna cosa.

—¿I el primer que la trobe guanya?

—Això pareix.

—¿Alguna cosa més?

Vaig alçar els muscles:

—Poca cosa, el rei ens ha nomenat cavallers de l'Orde del Graal.

Pep es va quedar blanc, bocabadat i petrificat. Afortunadament, no va desmaiar-se.

—¡¡¡Què!!! —exclamà.

—Tal com ho sents.

—¡Cavallers de l'Orde del Graal!

—Amb cerimònia d'espasa i tot —vaig aclarir.

Va ser fulminant, el meu aclariment va ser fulminant. Pep havia de tenir el cap a prova de bonys per a suportar tant de desmai.

—Pep, ets un ninot —li vaig dir, ben conscient que no m'escoltava. ¿Cal dir en quin estat es trobava de nou?

Però açò s'havia acabat. Prou de reanimacions, em vaig dir. Ja començava a estar fart de tanta pèrdua de temps. Havia arribat l'hora de prendre decisions, perquè en lloc d'una missió de rescat açò em semblava tot un desencert de vuits i nous i cartes que no lligaven, és a dir, un desencert total on no hi havia manera d'aclarir-se.

—¡Magnífic, l'he trobada! —saltà Lancelot mentre alçava la seua gerra de vi en senyal de victòria.

Com sol dir-se, cadascú per on l'enfila.

—Ben fet —el felicità el rei—, ara només et porte nou passadissos d'avantatge; però els pròxims seran meus.

—¿De quins passadissos parlen? —vaig interessar-me mentre m'acostava als cavallers.

—Dels passadissos secrets del castell, és clar —em contestà Lancelot—. Ací he descobert una de les entrades.

—Quasi tots els castells tenen passadissos secrets —digué el rei.

—Uns comuniquen les estances per davall dels murs...

—D'altres són galeries que s'endinsen en la terra per baixar a un possible riu i fer provisió d'aigua...

—També hi ha passadissos secrets que valen per fugir en cas de perill...

—I d'altres que són autèntics laberints, tots plens de perills i de trampes per tornar gàbia l'enemic en cas de ser descoberts; i aquest en sembla un.

—¿I vostés juguen a trobar les entrades dels passadissos?, ¡que guai! —em vaig sorprendre, alhora que em plegava de braços i mirava l'entrada descoberta per Lancelot.

El rei em va fer uns colpets a l'esquena.

—És un joc que manté viu l'enginy —em va dir.

L'entrada descoberta per Lancelot s'obria quan es col·locava un tonell d'aigua sobre una llosa especial del terra, i es tancava amb un tonell de vi negre, que feia de contrapés, sobre una altra llosa situada al costat de la primera. La col·locació dels tonells feia girar tres roques del mur, i obria una escletxa prou ampla com per permetre el pas de qualsevol que no visquera en els límits de l'obesitat.

—És a dir —vaig concloure mentre em rascava la coroneta del cap—, que l'aigua obri el mur, i el vi el tanca.

—Això mateix.

—¿I no podria ser al contrari, que el vi obrira el mur i l'aigua el tancara? Al cap i a la fi, ¿quina importància té el contingut dels tonells si el que en realitat importa és el pes?

—Bona pregunta —digué Lancelot. I jo em vaig quedar tan ample, ben cregut que havia posat en un compromís tot un cavaller de la Taula Redona—. El pes és el que realment importa. Per això, en un cas com aquest, sempre sabrem que el tonell d'aigua obri el mur i el de vi el tanca, i no al revés.

—Explique's, mestre, perquè això que diu vosté no té lògica. Si no recorde malament, un tonell de vi ha de pesar igual que un tonell d'aigua, sempre que siguen igual de plens.

—Tens tota la raó —va dir Lancelot—, però un tonell de vi ple de pedres sempre pesarà més.

—¡Pedres! ¡Però això és trampa! —vaig saltar.

—Res de trampes —ficà cullerada el rei Artús—, enginy, molt d'enginy.

—Per trobar una entrada als passadissos secrets, com aquesta o qualsevol altra —explicà Lancelot—, primer cal trobar la clau que posa en funcionament el seu mecanisme. Generalment, aquest mecanisme es troba amagat o disfressat amb un aspecte que no alce sospites.

Jo seguia atent l'explicació de Lancelot. Fins ara ho havia entés tot, si bé encara no havia trobat la relació amb els tonells de vi i d'aigua.

Aleshores, Lancelot em preguntà:

—¿Quina seria la millor disfressa que podríem trobar en un celler com aquest?

Vaig rumiar-me uns segons la resposta i, allà quan no s'estilava, vaig alçar els muscles.

—¡El vi! —descobrí Lancelot.

—¿El vi? —açò ho vaig dir jo, naturalment.

—Vegem —em va explicar—, tenint en compte que som al celler del castell, res millor que els tonells i l'efecte del seu pes per a posar en funcionament mecanismes secrets. L'entrada en un passadís secret ha de tenir un pes que l'òbriga i un contrapés major que la tanque. Però, com tu bé has dit, dos tonells igual de plens tenen el mateix pes. ¿Com fer, doncs, que un pese més que no l'altre?

—Omplint-lo de pedres —vaig dir, en recordar els primers raonaments de Lancelot.

—Tu ho has dit. Només així tindrem els dos pesos necessaris per obrir o tancar l'entrada del passadís secret: un tonell d'aigua, per obrir-la; i un tonell de pedres, per tancar-la. Aquesta i cap altra és la vertadera clau del misteri.

—¿I el vi negre?

Lancelot va clavar un braç al tonell del vi negre que tenia a la seua dreta i en va traure tres còdols en una mà.

—Estratègia, amic meu —digué, mostrant-me les pedres—, sobretot estratègia. L'enemic trobaria molt sospitós un tonell de pedres en un celler, però ni tan sols es fixaria en un tonell ple de vi idèntic als altres... Si no volien bellugar-lo i trobar-lo extremadament pesat, com he fet jo.

—¡És clar! —vaig exclamar—, per això, en trobar molt pesat el tonell, ha associat la idea de pedres amagades en el vi, després ha suposat que aquest tonell era el contrapés d'un mecanisme d'entrada als passadissos, i tot seguit ha tirat mà del tonell d'aigua més proper, per provar-lo en diverses lloses fins a descobrir la que s'enfonsava i obria el mur.

—¡Magnífic! —em va felicitar el rei—. Ho has entés perfectament.

—¿I juguen sovint a açò de trobar entrades de passadissos secrets? —vaig preguntar tot content per la meua deducció.

—Quan visitem un castell, és la segona cosa que fem —va indicar el rei.

—¿I la primera?

—Primer fem amistats i omplim el pap, però ací ni hem fet una cosa ni l'altra. Aquest castell es troba més buit que la meua panxa. Aviat en buscarem un altre, ¿veritat que sí, estimat Lancelot?

—¡I tant!, aquest castell sembla deshabitat. I si ens hem quedat només ha sigut per continuar el nostre joc.

Deixant-me dur per la seua conversa, els tres entràrem al passadís descobert per Lancelot. De sobte, vaig endevinar que passava alguna mala cosa, perquè a cada pas les veus dels cavallers es feien més llunyanes mentre ens envoltava una tèrbola claror, de la qual no es veia la procedència. Els passadissos eren estrets, plens de colzes, atzucacs i escaletes. Una de les últimes coses que vaig escoltar dir als cavallers, va ser que aquests passadissos eren un vertader laberint de trampes. Després vaig escoltar-los riure sorollosament, i quan les riallades deixaren pas a un nou i llarg silenci em vaig adonar que acabava de clavar el rem fins a més avall del nivell de flotació del colze, per segona vegada en la nit. Em trobava sol i perdut. I, naturalment, darrere meu no hi havia ni rastre de l'escletxa oberta al celler.

6
Passadissos secrets

No, no m'havia oblidat de Pep, ¡per descomptat! Sabia perfectament que m'havia deixat Pep al celler, desmaiat i feliç, i lluint un somriure més ample que la gola del Perelló.

¡Però així era el meu somni!, destrellatat, absurd, i tan real com el laberint de passadissos secrets que no em duia enlloc.

Al principi camejava un poc escèptic mentre feia una ullada al laberint. Del sostre de volta degotava una humitat plujosa que no deixava de fer-me blanc al cap, i quan feia per evitar-la, clavava el peu en un toll d'aigua fangosa o ensopegava amb els murs esponjosos per la molsa que creixia entre les roques.

No és que jo fóra un caganius. Tampoc no és que siga milhomes, no us penseu, però la situació em començava a preocupar. La veritat, més que la situació, era la por el que començava a fer-me tremolar els ossos. Tenia por, no em dol dir-ho. Tenia por, i fred, i em trobava tot sol, perdut en un laberint ple de tètrics sorollets que em feien recular cap a d'altres que alhora em feien canviar de direcció, i tombar per passadissos que havia decidit no travessar perquè eren plens de cranis, d'armes rovellades, i de calaveres que penjaven dels murs, totes contaminades per la molsa que tant em fastiguejava.

Vaig cridar Pep una vegada, i la meua veu es va multiplicar per tots els passadissos durant una bona estona. ¡Fins i tot m'esglaiava la meua veu!

Camejava escala amunt i, per a la meua sorpresa, m'adonava que les escales davallaven cap a una sobtada foscor que em feia desfer el camí per una escala torta i serpentejant, amb corbes tancades que prenia a correcuita, a dos-cents per hora, perseguit per la meua pròpia veu fins que aquesta aconseguia atrapar-me, tot i passant-me per sobre com una alenada de sorolls huracanats que esclafien contra els atzucacs del laberint. Quan m'alçava, feia mitja volta i arrancava a córrer de nou. Cridava Pep, cridava Isa, ¡i fins i tot cridava Dani! El terra semblava onejar sota els meus peus i, entre bac i bac, alguna cosa vaig haver d'accionar involuntàriament perquè, després d'escoltar un

estrany sorollet, el sòl del passadís on em trobava començà a obrir-se com una magrana. Vaig fer un gran salt i alhora una nova alenada de veus huracanades em va fer redolar com si em trobara en un espai sense gravetat.

Tot seguit, i després de fer no sé quantes voltes astronàutiques, vaig deixar de redolar, ja que una força desconeguda m'arrossegava sense miraments d'un peu. ¡Quina brega! ¡En quin allioli m'havia clavat!

—¡Amolle'm! —li escridassava, jo, a la força desconeguda—. ¡Amolle'm o es penedirà d'haver desobeït Fran *el Ràpid!*

La meua advertència, que d'amenaça només tenia les lletres, no va valdre de res. La força desconeguda em va arrossegar com un sac de creïlles novelles fins a una cripta, a la qual s'arribava per una de les escales que tant m'havia obstinat a no baixar.

—Ací estaràs segur —digué la força desconeguda alhora que m'amollava el peu.

—Segur, ¿eh? —vaig dir, mentre m'espolsava la roba.

—¿T'ho torne a dir o ho vols per escrit?

¡Ai, la cançoneta, quina moscarda m'estava repuntant darrere l'orella!

La força desconeguda, a la qual només havia vist d'esquena, vestia l'última moda en pedaços i esquinçats. Quan va fer mitja volta vaig veure que es tractava d'un Obèlix tan enorme com el que jo tenia en un videojoc. El meu Obèlix informàtic es passava tots els nivells del joc esclafant caps de romans bajoques, i jo només esperava que aquest que m'havia tret del laberint de passadissos no m'esclafara el cap a mi. Al cap i a la fi, no sóc romà; un poc bajoca sí que sóc, però recordeu que les bajoques no tenen nacionalitat ni passaport.

—¿On sóc? —vaig preguntar, mentre observava la fúnebre decoració que m'envoltava.

—Et trobes en una cripta abandonada —m'informà l'Obèlix.

¡Fantàstic!, ja em direu què pintava, jo, en una cripta abandonada, i al costat d'un Obèlix com el del meu joc d'ordinador.

La cripta no era molt gran però semblava prou acollidora. Hi havia nínxols oberts als murs; torxes enceses als racons; i taüts que feien de taula, d'armaris, de cadires, i fins i tot i com estava a punt de descobrir de seguida, de dormitoris.

—Em dic Fran *el Ràpid* —em vaig presentar.

—Ja t'he vist córrer, ja —digué l'Obèlix.

Durant uns segons l'home semblà oblidar-se de mi i començà a furgar en un dels taüts que feien el paper d'armaris. D'ell va traure una baralla de cartes redones i una botella que contenia una bona quantitat de la humitat que degotava pels passadissos.

—Em dic Fran *el Ràpid* —vaig repetir, esperant que l'Obèlix em diguera el seu nom.

—Això ja no té importància —va murmurar ell mentre preparava la baralla per dur-se un solitari a les mans—. Jo també tenia un nom però un bon dia el vaig oblidar. Tu també acabaràs per oblidar el teu.

—No crec, no puc quedar-me molt de temps —vaig dir, després de consultar el rellotge. Faltaven només quatre hores per tal que ma mare em despertara, o millor dit, per a despertar-me en una habitació que no era la meua, en un llit estrany, i vigilat ben de prop per uns ulls unflats per unes ullerotes espantoses.

—Pots quedar-te tant de temps com vulgues. Qualsevol companyia és benvinguda.

—No, de veritat, jo, agraït, però encara he de fer una pila de coses: trobar el meu amic Pep, rescatar una amiga nostra... i de pas dir quatre coses ben dites al favanuc que ens ha posat en tot aquest embolic.

—Els passadissos són molt perillosos —em va advertir l'Obèlix—. La cripta és més segura. No conec ningú que haja pogut escapar dels passadissos.

—¡Home, no m'estranya!, ¡si no ix vosté d'ací!...

—Tots els que ho intentaren segueixen escampats pels passadissos... o almenys el que queda d'ells —va dir l'Obèlix abans de fer un bon glop a la botella d'humitat.

La saliva se'm va empassar sobtadament per la gola.

—¿Què vol dir? ¿Que aquesta cripta no té eixida?

—És clar que té eixida, de fet hem entrat per ella.

—Però aquesta entrada, o eixida, o com redimonis vulga dir-li, dóna als passadissos —vaig objectar un poc nerviós.

—¡Premi per al cavaller! —exclamà l'Obèlix abans

de traure un as de bastons del ventall de cartes redones.

—¿Com sap que sóc cavaller?

—¡Ah! ¿Però tu ets cavaller?

—De la Taula Redona, sí senyor.

Ell va alçar els muscles i va fer un gest per tal de llevar importància a la cosa.

—Ací, com pots veure, no hi ha taules redones, de manera que no tens res a fer com a cavaller.

O l'Obèlix m'estava prenent el pèl o ja me'n podia anar a fer l'examen de matemàtiques de don Facundo, perquè en missions de rescat, ací, un servidor, estava resultant un fracàs. Zero total.

—Si tornes als passadissos, tard o prompte cauràs a les trampes. Les trampes són per a caure-hi.

—¡Home, si no me'n diu vosté una altra! ¡Quin optimisme!

Darrere meu vaig escoltar un sobtat grinyol de tres tapes de taüt. No sé ni com no em vaig despertar de l'esglai. El cas és que hi havia veïnat a la cripta. Els amics de l'Obèlix que anys enrere decidiren seguir els seus consells i quedar-s'hi a viure, intentaven fer una becadeta i la nostra conversa els impedia dur-la a terme amb la tranquil·litat, el silenci, i la pau, de la qual s'ha de gaudir en tota cripta.

—¿És que no es podrà dormir ací? —se'n va queixar un.

—¡Silenci, silenci! —va dir un segon.

I un tercer, plegat de braços, em va dir:

—¡Mira, xaval, o calles o te'n vas!

Quin dels tres amics de l'Obèlix era més vell i esparracat, i quin de tots em mirava més empipat i furiós.

L'Obèlix, afortunadament, no va tardar a posar-hi ordre.

—¡Prou! —manà amb autoritat, i amb l'as de bastons encara a la mà.

¡I tant que prou! Això sí que era fer cas d'una ordre. Encara sonava per la cripta la veu autoritària de l'Obèlix quan, tot d'una, el veïnat es va tancar en les seues habitacions.

—Aquests guerrers desficiosos remuguen de no res —murmurà l'Obèlix.

—¡Ah! ¿Però són guerrers? —vaig preguntar, sorprés.

—Tots ho vam ser, però quan entràrem en els passadissos, sense adonar-nos-en, firmàrem la nostra sentència de jubilació anticipada.

—¿I per què no intenten fugir?

L'Obèlix em va mirar, desganat.

—Nosaltres érem mercenaris a sou, guerrers solitaris que vivíem en lluita permanent, de batalla en batalla. No teníem ningú, només ens teníem a nosaltres mateixos. Ens trobàvem sols.

—¿Com de sols?

—Tan sols que quan caiguérem ací dins tots sabíem que ningú no ens trobaria a faltar, i ningú no faria res per rescatar-nos, així de sols. No teníem un mal amic en qui posar les nostres esperances. I la prova la tens en els pobres desgraciats que van caure en les trampes.

—¿Això vol dir que si no reps ajuda de fora del laberint, no tens res a fer? —vaig suposar un poc decebut.

L'Obèlix va donar-me la raó amb un gest del cap.

—De tota manera —vaig dir—, he d'intentar eixir d'ací com siga.

—¿Tens amics?

—No molts, però en tinc un que val per tot un regiment.

—¿I sap que ets als passadissos secrets?

—No.

—Aleshores no tindràs èxit.

—Així i tot, ho intentaré.

¿O és que no era jo qui li deia sempre, a Pep, que quan un vol una cosa ha de lluitar per aconseguir-la?

—Et desitge sort —em va dir l'Obèlix, capficat en la formació del seu solitari—. Ara ja sé que vols enfrontar-te a les trampes del laberint, i si el perill et fa demanar ajuda no faré res per salvar-te.

Sincerament, l'Obèlix semblava una bona persona, però donant ànims no es guanyaria el cel, no.

Vaig fer una ullada a l'eixida de la cripta i quan anava a acomiadar-me de l'Obèlix, ¡recaram, ja no hi havia cripta! Davant meu tornava a haver un llarg i estret passadís que s'allargava per darrere també, tot just per on feia uns segons acabava de veure la porta de la cripta i l'escala que pujava als passadissos.

¡Tan de bo tots els desitjos em foren concedits amb tanta rapidesa!

Bé, tornava a estar com al principi. Aquesta

vegada, no obstant això, no pensava deixar-me acoquinar fàcilment i, amb molt de seny, després de guardar-me les mans a les butxaques, vaig tirar endavant com aquell que fa un passeget vora mar. Sobretot tranquil·litat, molta tranquil·litat.

La cosa va funcionar durant els quatre primers passos, ja que, al següent, vaig trepitjar el mecanisme de tot un eixam de llances que eixiren disparades per la dreta per clavar-se en el mur de l'esquerra. ¡Uf, quin esglai! El cor em bategava per tot el cos només de pensar que, si haguera caminat més de pressa, ara em trobaria cosit al mur.

Conforme vaig poder, i no sense esforços, vaig traure una de les llances del mur. Em va costar prou, sobretot perquè els peus em relliscaven constantment mentre estirava de la llança. Al principi vaig pensar que perdia l'equilibri per falta de pràctica, però no, no era res d'això. No m'aguantava dret perquè segons aconseguia traure la llança del mur, el terra del passadís s'inclinava cada vegada més.

Per a la meua desgràcia no vaig tardar a relliscar passadís avall, a una velocitat que creixia a cada colze del laberint. La veritat és que em sentia tot un piragüista de secà, és a dir, un piragüista sense ràpids, sense piragua, sense pala de rem, i sobretot sense casc de protecció. Per descomptat em mereixia una bona col·lecció de multes perquè, per no dur, tampoc no duia posat el cinturó de seguretat. Ja sé que és de domini públic que això de la circulació viària és una cosa molt seriosa. ¡Però què podia fer jo, si ni tan sols duia vehicle!

¡I el que era pitjor de tot!, desconeixia què m'esperava al final d'aquest viatge insòlit, que no podia aturar per molt que m'esmolava les ungles en voler agafar-me al sòl polsegós.

Si haguera sigut un vertader piragüista diria que tot d'una el riu es va acabar i vaig caure per una gran cascada, però donada la situació, i vista amb tots els ets i uts que la formaven, diré que, inesperadament, em vaig veure escopit per un penya-segat que vaig imaginar-me profund i anguniós com un pou sense fons.

Afortunadament, allò que em va fer caure no era un penya-segat sinó un clot, un bon clot ple d'ossos triturats, que em va posar els pèls de punta.

¡Mare de Déu, quines vacances més accidentades!

El mal és que una vegada vaig aterrar, només vaig disposar d'uns segons per a examinar la nova situació. La fondària del clot no era de penya-segat profund i anguniós com m'havia imaginat, però, amb tot i això, aquesta trampa era perfecta per fer impossible l'eixida fins i tot del jugador de bàsquet més alt de tota la història. No hi havia escapatòria, la fugida era impossible. Els quatre murs que m'envoltaven eren altíssims i plens de molsa relliscosa. La possibilitat de trobar algun forat per on escapolir-me'n em va fer clavar els ulls i examinar tots els blocs de roques que m'envoltaven.

Va ser la pitjor decisió de ma vida perquè de seguida, i per allò de posar les mans on no devia, vaig accionar involuntàriament el compte enrere cap a la meua pròpia extinció. De sobte vaig escoltar un soroll esgarrifant que em va resultar familiar. Va ser un grinyol idèntic al que havia escoltat quan es va obrir el sòl d'un dels passadissos del laberint. Però ací no va ser el sòl el que es va posar en funcionament, van ser els murs, els maleïts murs que començaren a tancar-se amb la sana intenció de deixar-me més pla que un full de llibreta.

Inútilment, vaig cridar l'Obèlix mentre m'arraconava esglaiat contra un dels murs. Sabia que demanar auxili no valdria de res perquè recordava perfectament el que l'Obèlix m'havia dit: «si el perill et fa demanar ajuda, no faré res per salvar-te», m'havia advertit. I el perill m'estava fent demanar ajuda, i l'Obèlix, compromés amb la seua paraula, ¡no faria res per salvar-me!

No hi havia res a fer. Aquesta trampa tenia la missió de deixar-me pla com una estora i estava a punt d'aconseguir-ho. Fet un pinyol contra el mur que m'emparava, vaig tancar els ulls. Tan sols uns pams a dreta i a esquerra em separaven de la fi del meu somni. El soroll que feien els murs en tancar-se em sonava com una esgarrifant riallada malèfica; la riallada de la victòria; la victòria del laberint de passadissos. I això que l'Obèlix m'havia previngut. Una altra vegada faria més cas dels consells dels adults. Açò em passava per fava, simplement.

La gelor i la molsa dels murs començaren a encongir-me el cos més del que ja ho havia fet jo per voluntat pròpia. Mentre escridassava i demanava auxili

pensava en puces i en microbis, sobretot en puces i en microbis de curta edat. Ara m'adonava de com havia de sentir-se una formiga quan li deixava caure el peu a sobre. ¡Quina crueltat! Fran *el Ràpid,* és a dir, jo, ja no mataria mai més una innocent formiga. I els murs que començaven a esclafar-me s'encarregarien que així fóra.

7
El vellet canós

¡Quin malson, xicones i xicons!

Ho havia donat tot per perdut. Els murs començaren a xafar-me els ossos, la porra del nas, els colzes, els genolls... ¡Quin patiment més absurd! Jo només volia ajudar un amic i tot m'havia eixit malament. ¡Quina vergonya! La trampa dels murs donaria per conclòs el meu fracàs en assumptes de rescats i no podia ni bellugar un dit per tal d'evitar-ho. Havia abandonat Pep, no havia fet cas dels consells de l'Obèlix de la cripta, em pensava que rescatar Isa seria com bufar i fer ampolles, i, a més, Dani estava a un pèl de derrotar-nos definitivament, cosa que em faria despertar esglaiat al llit, ben amerat de suor, i sense cap possibilitat de retornar al somni.

Aleshores, quan esperava obrir els ulls en un no res, ofegat per la força que m'asfixiava, vaig sentir que el mur que tenia a l'esquena m'engolia en l'últim moment. Alguna cosa m'arrossegava per un forat que ni tan sols tenia prou fondària com per a ser considerat un túnel.

Foc de torxes va tallar de sobte la breu foscor que m'havia envoltat.

No puc descriure amb paraules l'alegria que vaig sentir en aquells moments. ¡Pep havia agafat l'últim fil d'esperança i m'havia salvat de la trampa del laberint en l'últim segon!

—¿Es pot saber què fas ací dins? —em preguntà de braços plegats, mentre jo guaitava pel forat d'un corredor ple de teranyines esquinçades.

—¡Pep, m'has salvat! —vaig exclamar mentre eixia del forat i m'abraçava a ell.

—¿Que t'he salvat?

—¡Salvat, salvat, salvat! —li deia, menjant-me'l d'alegria com fan els jugadors de futbol quan algú d'ells marca un gol de transcendència indiscutible.

—¿Però salvat, de què?

—¡Salvat, salvat, salvat! —li insistia, jo.

—¡Però, Fran!...

Generalment, quan els jugadors celebren un gol transcendental acaben fets un embolic per l'herba del camp. En el nostre cas, les meues contundents mostres d'agraïment ens van fer rodar pel sòl del corredor.

—¡Prou, Fran!

—¡És que estic molt content!

—¡Ja n'hi ha prou! Tinc els peus unflats de tant de buscar-te. Vull una explicació.

—¿Una explicació?

—¡Tu diràs! —digué Pep, després de posar-se dret—. L'última cosa que em ve al cap és que dos esquelets ens van llançar dins d'unes peroles pudentes. Després, em vaig despertar al celler del castell i, entre una cosa i una altra, només recorde haver somiat amb dos dels meus herois medievals.

—¿Quins herois?

—El rei Artús i Lancelot del Llac.

—Caram.

—Fins i tot, vaig somiar que ens nomenaven cavallers de la Taula Redona.

No volia riscos. Si deia a Pep que tot el que ell pensava que era un somni era cert, de segur que el bajocot acabaria per desmaiar-se tal com havia fet en les anteriors ocasions. ¡I això no, per favor, més desmais, no! Ja sé que aquesta no era la millor forma d'agrair-li, a Pep, la meua salvació, però, ara, l'únic objectiu era rescatar Isa, perquè encara estàvem com al principi. De fet ens trobàvem en un dels primers corredors, pels quals ja havíem camejat. I les teranyines esquinçades n'eren la prova.

Amb tot i això, Pep encara esperava una explicació, una explicació que no sabia com donar-li. Com he dit abans, no volia riscos, perquè explicar el que realment havia passat només ens faria perdre més temps del que ja havíem perdut.

—No hi ha molt a explicar —vaig dir a Pep—. Jo també vaig anar a parar al celler on et despertares. I no em preguntes com va passar perquè no ho sé. El cas és que ens lliuràrem de les peroles de la bruixa i això era el que realment importava.

—¿I què vas fer quan despertares al celler?

Em vaig rascar una orella. Estava a punt d'amollar una bola de la grandària de l'Everest.

—Mentre somiaves amb els teus herois, vaig fer una ullada pels corredors, això és tot.

—La veritat —digué Pep—, és que el meu somni va ser molt estrany. Els meus herois sempre eren davant de mi, però jo em passava tot el temps despertant-me i desmaiant-me, despertant-me i desmaiant-me.

—¡Quina contrarietat! —vaig dir, fent-me l'afectat.

—I que ho digues. I, damunt, després em vaig veure tot sol. ¡No saps com vaig posar-me de nerviós!

¡Jo sí que m'havia posat nerviós als maleïts passadissos secrets! Però d'això, ¡ni paraula! Si no haguera sigut pel joc que es duien entre mans Artús i Lancelot, jo no hauria entrat mai en el laberint de passadissos. Ja sabeu com són aquestes coses; unes ens duen a d'altres, inevitablement. I ara com ara era millor no dir res dels passadissos, de l'Obèlix, o del joc dels cavallers de la Taula Redona que m'havia clavat en tot l'embolic. Pep és molt deductiu, i si sospitara qualsevol cosa, acabaria per lligar caps i per descobrir que realment havia estat nomenat cavaller pel mateix rei Artús. ¡I, nyas coca, desmai a l'instant! ¿Ja havia dit que no volia riscos?

—¿Saps?, em pensava que no et trobaria —em confessà Pep—. Al celler hi havia una escletxa en un dels murs. Al principi vaig pensar que te n'hauries anat per allí, però l'escletxa em va fer mala espina i vaig decidir buscar-te pels corredors. Sort que vaig escoltar els teus crits. El que no comprenc és què feies dins d'un forat, i escridassant com un desesperat.

Jo em vaig aclarir la gola:

—Ja saps que sempre fique el nas on no em demanen. Però el cas és que ja ens trobem junts de nou i ara no ens detindrà res. ¿Què et sembla si rescatem Isa d'una vegada per totes i ens n'anem, d'aquest castell? Si et sóc sincer, trobe a faltar un poc d'aire fresc.

—Jo també.

—¿Au?

—Au.

Camejàrem de nou. En aquest somni semblava que no teníem dret a fer cap altra cosa. Aclaparats pel temps que ens quedava, obríem totes les portes que trobàvem. La majoria donava a estances fosques i d'aspecte molt abandonat. Amb tot, l'esperança de trobar Isa en qualsevol d'aquestes ens animava a cridar-la constantment.

—¿Tu creus que ho aconseguirem, Fran? —em va preguntar Pep una de les vegades.

—Apostaria qualsevol cosa que sí. Escorcollarem tot el castell si cal, però trobarem Isa. Dani la deu tenir ben amagada, però tranquil, si tenim la sort de cara, toparem amb algú i farem per traure-li informació.

Per fi, en un dels corredors, trobàrem una estança ocupada per un vellet de cabell canós que, a la flama d'uns ciris, es dedicava a omplir els mots encreuats d'un gruixut quadern de passatemps. El vellet es trobava assegut en una taula de fusta que, per als corcons, deuria ser com un balneari d'allò més recomanable, de tan lluents i vius que eren. En un principi res no ens va fer pensar que hauríem de patir algun tipus d'inesperat calvari si ens decidíem a investigar allí dins. Hi entràrem.

A penes veure'ns, el vellet canós va fer un gest de disgust i va continuar amb la seua ocupació. La nostra presència semblava no preocupar-lo gens.

—¿Com va això, mestre? —vaig dir, per caure-li en gràcia.

—No sóc mestre —digué el vellet de males maneres—, sóc l'escrivent del castell.

—¡Home! —vaig exclamar amb la intenció d'unflar el càrrec—, ¡l'escrivent! ¡Açò sí que és una sort! Sempre he somiat conéixer l'escrivent d'un castell.

El vellet, que era talment com el meu iaio, només que vestit de frare, es va sorprendre, tal com jo esperava.

—¿De veritat? —va dir.

—¡I tant! Un castell sense escrivent és com una paella sense conill.

—¿I si la paella és de marisc? —digué Pep, sempre tan oportú.

—¡Eu, Pep!, preparant el terreny ets únic, ¿eh?

Pep va acotar el cap:

—Només era una observació.

—Estem enmig d'un rescat i tu et poses a fer observacions sobre paelles de marisc. ¡Ni que fórem a les jornades gastronòmiques del castell!

—Tu has començat amb la paella de conill.

Dissimuladament, vaig traure Pep de l'abast auditiu del vellet i li vaig dir a cau d'orella:

—Pretenia caure en gràcia per obtenir informació.

Pep es fregà la barbeta, pensatiu.

—¿Aleshores, el conill i el marisc no tenen res a veure amb tot açò? —va dir.

—El conill era un argument estratègic, Pep.

—¿I el marisc?

—¡El marisc ve de la mar, com el vent de llevant! —vaig dir abans de petar com una traca—. ¡Es pot saber què fem parlant del conill i del marisc!

Pep es va mostrar del tot sorprés:

—Tu has començat amb el conill i has acabat parlant d'arguments estratègics. ¡No hi ha qui t'entenga! ¡Jo només vull aclarir-me!

—¿Aclarir-te? ¡I qui s'ha posat a parlar de les paelles de marisc!

—¡El marisc era una observació!

—¡I el conill un argument estratègic!

El vellet bellugava el cap com l'espectador d'un partit de tennis. ¡Quin joc de coll! I nosaltres, rasca que rasca amb la discussió; quinze—zero, quinze—quinze, trenta—quinze, trenta—trenta, quaranta—trenta... I el cap del vellet fent ric-i-rac, ric-i-rac, com un carranc de Nadal.

—¡Prou! —exclamà de sobte—, ¡m'esteu marejant!

Callàrem en sec. Pep em va mirar un poc desconcertat pels possibles efectes d'aquella exclamació.

—Disculpe'ns, mestre... vull dir, digne i admirat escrivent del castell, però és que estem un poc nerviosos. Necessitem certa informació i anem curts de temps —vaig mirar el rellotge. Tres hores, tres hores més i ja no hi hauria res a fer.

El vellet no semblà massa decidit a ajudar-nos, però jo vaig exposar el cas sense miraments encara que, això sí, amb molt de tacte.

—¿Potser, per allò de les casualitats de la vida, no haurà vist vosté una xiqueta segrestada que atén al nom d'Isa? Li estaríem molt agraïts si ens en poguera dir alguna cosa, ¿veritat, Pep?

Pep va dur-se les mans al cap, d'agraït que li estaria. La veritat, un poc exagerat sí que em va semblar.

El vellet ens va mirar de reüll, estranyat:

—¿Una Isa segrestada? —va dir.

—Del tot.

—¿Alta o baixa? —demanà.

—Baixoteta, va.

—¿Grossa o prima?

—Ben feta —contestà Pep, amb un somriure d'enamorat recoent.

—¿Cabells? —preguntà de nou el vellet.

—No li'ls he comptats —vaig dir—, però sí, en té, llargs i daurats.

—¿Aficions?

Jo vaig dir que no en sabia. Pep, en canvi, va alçar el braç:

—Li agrada prendre el sol i els llibres de Dragonlance.

El vellet es va plegar de braços. ¡Ja m'estranyava a mi! Tot seguit, coixim-coixam i remugant per haver-lo destorbat en el seu passatemps, s'acostà a una prestatgeria i va traure un llibrot humit que es desfeia només de mirar-lo. Una de dos, o el paper ja estava molt reciclat, o el llibrot duia una eternitat entre aquelles parets fosques i fredes.

—Vegem —digué el vellet mentre consultava el llibre—, una Isa segrestada, baixoteta, ben feta, de cabells llargs i daurats...

—Això mateix...

—Deu tractar-se d'açò... —va dir, amb un dit escarransit en una de les pàgines.

Alarmats i contents, intentàrem clavar l'ull al llibrot, però abans d'aconseguir-ho el vellet el va tancar enèrgicament per tal d'impedir-ho.

—¡Compte, fulles de lletuga! —ens va dir—, que la informació té un preu.

¡Quin fàstic! ¿Per què la gent ha perdut el sa

costum de fer favors sense demanar res en canvi?

—¿Quin preu? —vaig preguntar.

El vellet assenyalà el gruixut quadern de passatemps.

—Una paraula —contestà.

—¿De quantes lletres?

—De cinc.

Pep començava a posar-se mig histèric per aquella conversa tan destrellatada.

—¿Definició? —vaig demanar.

I el vellet va definir:

— «Objecte menut, de metall, que es posa en un dit per espentar l'agulla i no ferir-se quan es cus.»

—De cinc lletres, ¿eh? —vaig dissimular, perquè la paraula me la sabia.

—Té una *i* —se li va escapar, al vellet, sense voler.

—¡Orinal! —exclamà Pep histèric perdut—, ¡la paraula és 'orinal'!

—'Orinal' en té sis, de lletres —objectà el vellet.

—¡Però tu has vist cosir algú amb un orinal al dit, tros de suro! —vaig dir a punt de trencar a riure.

—¡Ma mare! ¡Ma mare cus amb orinals als dits!

—¡Sí, home, sí! ¡I et repunta els pantalons amb fil d'estendre!

El vellet es va fregar la barbeta. El pobre home, que havia de pertànyer als temps de l'antigor, no sabia que la paraula que buscava era 'didal'.

—Farem una cosa —vaig proposar—, vosté em dóna la informació, i jo li resolc els mots encreuats.

—¡Això no s'hi val! —remugà.

—És veritat, Fran, això no s'hi val.

—Tu calla, borinot, ¿no veus que vull capgirar la situació?

El vellet se m'acostà i m'empudegà el nas amb el seu alé de cebes bullides. Em va mirar desconfiat i de nou es fregà la barbeta rasposa.

Tot seguit em va preguntar:

—¿Ets xic de paraula?

(ADVERTIMENT: El tuf de les cebes bullides pot fer tombar de tos. No administreu en cas de nassos sensibles. Consulteu el vostre metge, que per a això cobra.)

Continuem.

Ens havíem quedat en si era, jo, xic de paraula. La veritat, no tenia ganes d'allargar aquella situació. Pep estava tan nerviós i feia tant d'escarafall, que les prestatgeries semblaven tremolar al nostre voltant.

—La paraula és 'didal' —vaig dir—. Fixe's si sóc xic de paraula.

Pep s'estirava dels cabells:

—¡Orinal, didal!... ¡tant se val!

¡Com són les coses!, quan s'està enamorat és igual cosir amb orinal, que pixar en didal o tornar-se pardal. Si algun dia m'enamore, diré a ma mare que amague la seua col·lecció de didals ben lluny de mi, perquè jo sóc dels que beuen molta aigua i em conec.

caure de tos → caure d'esquena
↓
és a dir, es queda de [illegible]
↓
(panxa amunt).

8
¡A les masmorres!

Això ens va dir el vellet dels mots encreuats, que buscàrem Isa per les masmorres. Fins i tot ens va indicar com trobar-les mitjançant una estranya combinació d'escales i d'escalons, de la qual us parlaré de seguida. La cosa es posava interessant i inclús Pep s'havia animat un poc. L'èxit de la missió seria nostre si ens afanyàvem.

—Ens queden dues hores —vaig dir.

—¡Dues hores!

—I dóna gràcies que no ens en quede només que una.

Pep, amb les mans a l'esquena, va bellugar el cap, preocupat.

—Tal com va la cosa, el que em sorprén és que ens queden dues hores. ¿Ta mare és molt puntual quan li toca despertar-te?

—¡No ho saps tu bé! Cada dia, a les vuit en punt del matí, em sacsa el muscle mentre em diu: «espavila, Fran, espavila».

—Caram.

—Tal com ho sents.

Segons ens va explicar el vellet, per tal d'arribar a qualsevol lloc del castell sense perdre's, era imprescindible seguir un estrany joc combinatori d'escales i d'escalons. ¡Per això no n'havíem encertat ni una durant tot el somni, i havíem camejat sense solta ni volta!

Des de l'estança del vellet fins a les masmorres, segons indicava un llibrot ple de combinacions d'orientació, calia baixar primer una escala de cinc escalons, pujar-ne una altra de sis, i finalment trobar-ne una tercera de baixada que en tinguera set. Segons el vellet, el camí no tenia pèrdua, perquè d'escales, com va dir, n'hi havia moltes, però amb la combinació correcta només en trobaríem una descendent amb cinc escalons, després una ascendent, amb sis, i a l'últim, una tercera amb set, que ens conduiria directament als corredors de les masmorres.

¡No debades havíem perdut tant de temps sense arribar enlloc!

Per fi, després de camejar de nou pels corredors i de comptar els escalons abans d'enfilar les escales, trobàrem la tercera de la combinació i, ¡quina sorpresa!, a punt de baixar-la aparegué Dani amb la seua colla.

Anaven al pati del castell, a jugar un partidet de bàsquet: tres contra tres; Dani, Quincalla i Víctor, contra Albert, Miquel i Poti-poti. Veure Poti-poti jugar al bàsquet és per a caure tip de riure. Poti-poti corre, vola, salta, fa volantins o mats, però quasi mai s'adona que la pilota li la van furtar un parell de dies abans. Ara, això sí, voluntat, tota la que vulgues.

—¿I què?, ¿com porteu el rescat d'Isa? —s'interessà Dani, mentre feia filigranes amb la pilota de bàsquet.

—De primera —vaig dir—. Seguim les pistes com farien els millors detectius.

—¿Aleshores, no us doneu per vençuts?

—¡Jo sí, jo sí! —alçà el braç Pep.

El puntelló que li vaig fer al cul el va fer redolar escales avall. S'ho tenia merescut, per cagadubtes.

—No li faces cas —vaig dir a Dani—, això d'estar enamorat és més perillós del que em pensava. Deu ser bonic, però perillós, molt perillós.

—Bé, nosaltres farem unes cistelles —va dir Dani molt confiat—. Quan us canseu, deixeu-vos caure pel pati, així em podré riure de vosaltres fins a la pròxima avaluació.

—Podries facilitar-nos la combinació d'escales per trobar el pati, si no és molta molèstia.

Dani es mostrà sorprés i content, cosa que, no sé per què, em va mosquejar.

—De manera que heu descobert el secret de les escales.

—Ja t'he dit que seguíem les pistes com farien els millors detectius. Trobar Isa només és qüestió de temps.

Dani va riure de valent —cosa que em va mosquejar molt més—, i tot seguit em donà la combinació d'escales i d'escalons que conduïen al pati: tres-catorze-setze; i totes les escales eren de pujada. La combinació m'era matemàticament familiar.

La resta de l'equip capitanejat per Dani, segons la normativa vigent, em mirava de braços plegats.

—¿I vosaltres, què? —els vaig dir—, ¿ja feu cistelles de dos punts o encara necessiteu escaleta?

Víctor volgué fer-se el figura:

—¡Ens entrenem per a la *Final Four!*

—Això està molt bé. El bàsquet és un esport molt complet. Sens dubte, d'ací a uns dies ja ballareu la tarara perfectament per tal de distraure el públic durant els descansos dels partits. Sereu unes animadores de pista excel·lents. ¡Quina enveja que em feu!

El meu comentari m'estalvià baixar l'escala perquè, tot d'una, del puntelló que em va fer la colla del Dani, vaig anar a parar al costat de Pep. Les masmorres eren molt a prop perquè quan hi arribàrem encara ens rascàvem el cul.

El vigilant de les masmorres tenia tota la cara de don Robert, el director de l'escola. Don Robert és un home gran i molt gros. No hi ha en ell res de llis, tot són corbes i més corbes. A l'escola li diem *el Compàs,* amb això que us diga, prou.

—¡Atureu-vos, malandrins! —ens ordenà el vigilant només descobrir-nos.

Bé, això de descobrir-nos és un dir, perquè el corredor de les masmorres, que era molt llarg, només tenia quatre torxes mal penjades dels murs.

Ben mirat i pel que ja havíem vist pel castellot, Dani no devia pagar massa per consum d'energia. I això estava bé. Diuen que estalviar energia és una necessitat que ens afecta a tots. Però una cosa és estalviar energia i una altra molt diferent el que feia Dani. Aquest tros d'avariciós podia penjar alguna llumeneta, encara que fóra d'emergència.

—Un vellet canós que fa mots encreuats, i que, ara que ho pense, no sap el que són els didals, ens ha enviat ací —vaig dir, per allò de justificar la nostra presència en terreny desconegut.

El vigilant, que vestia com un Robin Hood de rebaixes, no em deixà dir res més. Pep havia alçat un dit per dir que veníem en missió especial, però encara no li havia posat, jo, l'accent a l'adverbi, quan el vigilant ja ens havia enxampat pel coll de la camisa i ens havia encadenat dins d'una masmorra.

¡Per l'amor de Déu! ¡Quin fracàs!

—¡Ara sí que l'hem feta bona! —exclamà Pep, completament desesperat.

—¡A les masmorres no es ve a jugar! —digué el vigilant amb veuota d'ogre.

—¿I qui ha vingut a jugar, tros de tòfol? ¡Si nosaltres hem vingut en missió de rescat!

La veritat, estic fins a més amunt de la coroneta que només pel fet de ser un masclet de curta edat (que no alça més d'uns pams de terra), el molt respectable i suïcida del món adult em confonga a cada dos per tres amb un bandarreta com Dani, que només viu per jugar i per fer animalades sense atendre a responsabilitats.

Allò de la missió de rescat, no m'ho negareu, sonava prou atractiu, però el trompellot del vigilant no podia entendre quin era el nostre paper en tota aquesta tramoia. ¡Calia ser curtet!

—¿I què heu vingut a rescatar? —ens va preguntar l'home, plegant-se de braços.

(No, ja n'hi ha prou, pel que fa a aquesta mania persecutòria del plegament de braços, ja no faré cap comentari.)

—Ací, l'amic, que li han segrestat la novieta, i el vellet dels mots encreuats ens ha dit que la xicona era ací baix.

—Ací no hi ha ningú —digué el vigilant.

—¿Com que no hi ha ningú?

—Les masmorres són buides.

—¿Buides?

El vigilant s'assegué a terra visiblement trist, i un parell de ratolins que eixiren d'un forat pujaren d'un bot a les seues manotes.

—Ja no hi ha ningú a les masmorres —va repetir el vigilant—. Els ratolins són l'única companyia que

tinc. Només som quatre ànimes al castell: el vellet de qui parlaves, que és escrivent, aquesta parella de ratolins desficiosos, i jo.

No vaig fer cap comentari, però el vigilant de les masmorres s'havia oblidat de la bruixa histèrica i dels veïns dels passadissos secrets; això, sense comptar les dues calaveres i els turistes de la Taula Redona, amb els quals Pep creia haver somiat. Potser el vigilant ni tan sols coneixia l'existència d'aquest ramat de personatges absurds, però estareu d'acord amb mi que no era aquest el millor moment per a posar-lo al corrent del cens de població del castell.

No obstant això, sí que li vaig fer memòria en un punt, més que res per no fer-me el desentés.

—S'oblida de Dani i de la seua colla —li vaig recordar.

—Tens raó, m'oblidava d'ells, però ells vénen i se'n van quan volen. No són esclaus dels murs i del temps. A pesar de tot, quan ells no hi són, el castell sembla més buit del que ja ho està.

—Nosaltres hem fet una volta i sí que és cert que l'hem trobat un poc desert.

—¿Desert?, ¡desert i abandonat! —va afegir el vigilant.

—Jo em pensava que els dominis de Dani serien com una fira de llums i de diversió, com una espècie de parc d'atraccions tot ple de videojocs i de col·legues seus, que no pararien de fer barrabassades a tort i a dret.

—No és or tot el que lluu —digué el vigilant—.

En realitat Dani es troba molt sol. El que passa és que vol dissimular-ho, vol fer-se el valent allà on va, sobretot quan duu la seua colla d'amigots darrere.

—¡Quina sorpresa! —vaig dir, lògicament, sorprés.

—Fa molts anys —ens explicà el vigilant— Dani va fer-se molts castells en l'aire, tenia il·lusió per moltes coses. Segurament va tenir alguns problemes. És el que sol passar. Els problemes et fan perdre la il·lusió per les coses. Ara, de tots els que tenia, al Dani només li queda aquest castell, i ja heu pogut comprovar en quin estat es troba.

—¿I no va ser sempre com ara?

—¡Ni pensar-ho! Els castells de Dani eren dels millors. Hi havia de tot: reis, reines, cavallers, princeses, soldats... Jo mateix no parava en torreta. I ara... dos ratolins, dos ratolins són l'única companyia que tinc.

Francament, em trobava un poc emocionat. Descobrir que tots els personatges, amb els quals m'havia topat al llarg del somni, eren fruit de la soledat del Dani em va posar la llagrimeta a punt.

Per fortuna, Pep em va retornar a la realitat, és a dir, a la realitat del somni.

—¿Aleshores, no té cap xiqueta segrestada a les masmorres?

—¿Una xiqueta? ¿Ací?

—Li diuen Isa; baixoteta, ben feta, de cabells llargs i daurats.

—¿Et burles de mi, xicot? —va dir, tot molest, el vigilant. Els ratolins tocaren el dos de seguida.

Pep es va empassar la saliva.

—¡Aquest no és lloc per a una damisel·la!

Pep es va empassar un altre glopet.

—¡Cap neci m'obligarà a tancar una senyoreta a les meues masmorres!

—Doncs, el seu amic, l'escrivent, consultà un llibre i ens va dir que baixàrem ací —vaig dir, per allò de calmar els ànims.

—Això és perquè li parlaríeu d'un segrest. Segurament va mirar en algun llibrot sobre antigues lleis del castell, i es va imaginar que la xiqueta que busqueu es trobava ací baix. ¡Però això no és cert!

—¡Carall de vellet!

Tot seguit, el vigilant ens va alliberar de les cadenes i en un dir ai ens va fer fora de les masmorres de molt males maneres. L'home estava ofés i només feia que dir-nos que érem uns ignorantots per creure'l tan salvatge com per a tancar una xiqueta entre els seus murs.

¡I és que el mal geni apareix on menys t'ho esperes!

9
¡No ens queda temps!

Amb tot, m'ho estava passant prou bé. Aquest somni em resultava més estrany que d'altres, ho confesse, però li veia alguna cosa especial. Per començar, el vigilant de les masmorres m'havia canviat per complet el concepte que tenia de Dani. Vés per on, el xicon ja no em resultava tan perillós i terrible. El vigilant havia dit que Dani es trobava molt sol i això em va fer pensar.

—¿Quant de temps ens queda? —preguntà Pep, que caminava al meu costat amb les mans a les butxaques, capmoix.

—Una hora.

Pep va dibuixar un gest de decepció amb les celles.

—No hi ha res a fer. Mai no trobarem Isa.

—Les masmorres han resultat ser una pista falsa —vaig dir un poc desenganyat.

—¡I tan falsa!

—Les pistes falses són a l'ordre del dia de qualsevol detectiu, no ho oblides.

—¡Mira, Fran, deixa't estar de detectius! En ma vida no havia camejat tant sense arribar enlloc. Ens trobem com al principi, no hem avançat gens, seguim sense tenir ni idea del parador d'Isa, i damunt només ens queda una hora per a rescatar-la. I si en sis hores només hem arribat ací, amb una no crec que arribem molt més lluny.

El que Pep acabava de fer era posar els punts sobre les is. Tenia tota la raó del món: si en sis hores no havíem aconseguit res, poc faríem només amb una horeta.

Va ser aleshores quan, remugant sobre aquesta conclusió, vaig adonar-me del que realment estava a punt de passar. ¡Quina fatalitat! Un acalorament em va pujar per tot el cos en descobrir la vertadera sort que estava a punt de patir la nostra missió de rescat. De sobte em vaig alarmar, ¡i no podeu ni imaginar-vos com!

—¡Alerta, Pep, que estava equivocat! —vaig exclamar.

—¿Què?

—¡Que no ens queda una hora! ¡No ens queda

temps! ¡Hui ma mare em despertarà una hora abans perquè havia de repassar les *mates* per a l'examen de don Facundo! ¡Ma mare em despertarà en qualsevol moment!

La reacció de Pep va ser automàtica.

—¡Veus, tu, set-ciències!, ¡si ens haguérem donat per vençuts no ens passaria açò, però tu volies ser massa espavilat i desafiar Dani, i entre tu i ell a la fi qui eixirà perdent seré jo! Has aprofitat que volia rescatar Isa per plantar cara al Dani, i, la veritat, podries haver triat una altra situació i haver-me deixat en pau. Ara ho tinc molt clar: quan vulga alguna cosa me les apanyaré sense ajuda de ningú. D'ara endavant no deixaré que ningú prenga decisions per mi.

—Tranquil, Pep, no et poses així. Si vols buscarem Dani i ens donarem per vençuts. Així ens dirà on està Isa i ja està.

—¡Ara, mare! ¡A la fi farem el que jo volia!

Per a la vostra informació, quan Pep trau el geni és únic, sobretot si té la raó de la seua part, com ara.

—Vinga, afanyem-nos —li vaig dir—. Ho aconseguirem.

Ràpidament, vaig prendre la iniciativa i vaig buscar la combinació d'escales i d'escalons que Dani m'havia donat per pujar al pati. Tres-catorze-setze, aquesta era la combinació, ¿recordeu? Pep em seguia amb el lleu fora, de mala gana, maleint i dient paraulotes. Però no podia perdre un segon per tranquil·litzar-lo, no podia fallar-li de nou. Ja li havia fallat quan me l'havia deixat tot sol amb els cocodrils del fossat, i no estava disposat a clavar la pota ni una vegada més en la nit. ¡Sí que l'havia feta bona, jo, per voler desafiar Dani!

Per fi, trobàrem el pati. ¡Quin canvi! ¡Aire fresc, sol, dolces alenades de vent que revifaven sota el cel blau com papallones joganeres!

Dani i la seua colla es trobaven a l'ombra d'una torreta. Practicaven llançaments de bàsquet, de tres punts per a ser exactes. Un comentarista esportiu hauria dit això de: «efectivitat en el llançament de triples, nul·la». Mon pare, en canvi, hauria dit: «quin desastre de llançadors».

—¿Veus?, ací els tens —vaig dir a Pep—. Ara tot serà més fàcil.

—Sí, i ara ta mare et despertarà, i jo em quedaré tot sol i aguantant les burles de tots.

Allò que havia dit, de no fallar-li, a Pep, seguia en peu. No podia fallar-li de nou. Com vaig dir en algun moment d'aquest somni, sóc l'últim trapatroles del món que voldria defraudar Pep. I m'estava lluint, ¿veritat?

—No, home, no —vaig fer per tranquil·litzar-lo—, fins que no et veja agafat de la mà d'Isa i us done la meua benedicció no me n'aniré.

—¿I com t'ho faràs si ta mare et desperta?

Si hem de ser francs, no tenia ni idea. Però, de moment, alguna cosa havia de contestar.

—Voluntat, Pep, voluntat. Fa més qui vol que no qui pot.

Com un home, vaig quedar com un home.

—Farem una cosa. Tu espera'm ací. Jo parlaré amb Dani i esbrinaré on para Isa.

—Fran..., que et conec... —murmurà Pep, adoptant l'actitud de don Facundo, el qual, com ja vaig dir, es plega de braços i fa colpets amb el peu quan alguna de les nostres respostes aritmètiques li creua les celles.

—Tu no et preocupes de res. Espera'm ací. Aniré i parlaré amb Dani i quan torne et duré al costat d'Isa. Així serà o deixaré d'anomenar-me Fran *el Ràpid.*

—Doncs, ja pots ser ràpid, ja, perquè com et desperte ta mare...

Això em mosquejava. Donant per fet que als somnis el temps volava a reacció, no comprenia com continuava soca perdut al llit. Ma mare ja havia d'haver-me despertat. Ma mare no s'oblidava mai de cridar-me quan volia alçar-me més prompte per repassar matèria d'examen.

¡En fi!

Em vaig acostar al Dani i el vaig traure del rogle de la seua colla. Clar i ras: me'l vaig endur per tal que no ens poguera escoltar ningú.

—¿Què passa, Fran?, ¿què no vols que la meua colla siga testimoni de la vostra derrota?

—Compte, Dani, precaució, que no tinc temps per a romanços i he de resoldre un problema urgentment.

—¡Ostres, quina sorpresa! ¡Tu, Fran *el Ràpid,* amb problemes! Em pensava que els problemes sempre els teníem els mateixos.

—¿M'ajudaràs o faig mitja volta? —em vaig plantar.

Dani em mirà amb ulls de sospita. Segurament, es pensava que voldria fer-li alguna mala jugada per tal de descobrir el parador d'Isa. ¡Com n'estava, d'equivocat! En aquest moment jo només pensava en ma mare, i pensava també que, per alguna raó desconeguda, no em venia a despertar. Encara que, ben mirat, jo no volia despertar-me, no podia abandonar ara el somni, perquè això, a la vista dels esdeveniments, suposaria el fracàs complet de la missió de rescat.

—¿I per què no demanes ajuda al teu benvolgut Pep?

—Perquè el problema que he de resoldre el tinc amb ell.

El temps seguia volant. ¿Quina hora devia ser ja?

—Mira —vaig dir a Dani—, jo volia rescatar Isa com un heroi, però per coses que no tinc temps d'explicar ens hem quedat sense temps per a escorcollar el teu castell. Ma mare pot engegar-ho tot a rodar en qualsevol moment, i Pep s'ha enfadat amb mi perquè, després de tot, no hem trobat Isa.

—Per tant, admets la derrota.

—La meua derrota, sí; la de Pep, no, a ell no l'has derrotat. Ell ni tan sols volia lluitar, i ja se sap que sense lluita no pot haver-hi derrota.

Dani va bellugar el cap, somrient. Acceptar la meua derrota no era res comparat amb la visió del seu somriure. Mai no havia tingut tantes ganes de pessigar un nas.

—I ara vols saber on està Isa —em digué Dani mentre em mirava per davall del serrell.

—Home, la informació em vindrà com del cel. He de fer les paus amb Pep i necessite la teua ajuda. Ja m'he donat per vençut, ¿què més vols?

Dani feia cara de sorprés i d'estranyat alhora. Li ho vaig notar de seguida perquè em mirava amb certa intermitència, com qui es repensa, desconfiat, alguna cosa.

—La veritat... —dubtà—, feia molt de temps que ningú no em demanava ajuda. Ningú no vol confiar mai en mi. ¿Per què ho vols fer, tu?

—Perquè no tinc més remei. Si bé ho mires, podria haver-me negat a fer-ho. Però el teu vigilant de les masmorres ens va dir que et trobaves molt sol, i això em va fer pensar. Les persones solitàries es tornen desconfiades, i la gent acaba perdent també la confiança en elles. Però jo necessite confiar en tu, necessite la teua ajuda. Fins i tot podem ser amics. I que quede ben clar que no parle de fer-me de la teua colla de borinots, ¿eh?

—¿I podríem fer com fas tu amb Pep, vull dir, contar-nos els problemes i tot això?

—Mentre no foren de matemàtiques, tots els que volgueres.

—¡Ostres, això seria guai!

—I tan guai, però, ¿podríem discutir els detalls en un altre moment?, perquè el temps vola com no t'ho pots ni imaginar i encara he de fer les paus amb Pep. ¿On has amagat Isa?

Dani va amollar una riallada.

—Jo no he amagat Isa en cap lloc. Isa no es trobaací. Sí, és cert que la vaig furtar al teu amic, però només es tractava d'una broma. Fins i tot Isa es va riure quan li ho vaig dir. Ja saps, Fran, que sóc tot un expert en això de gastar bromes pesades.

Aleshores, pensava jo, ¿on era Isa?, ¿on era ma mare?, ¿què diria a Pep? ¿Em deixaria d'anomenar Fran *el Ràpid* per no haver complit amb la meua paraula? ¿Per què el descobriment de Dani m'acabava de deixar sense veu?

—Isa sempre ha estat lliure —continuà el bandarrot de Dani—. Mentre vosaltres dos féieu de detectius de tercera regional, Isa es passejava a cavall pels voltants del castell. L'hem vista mentre buscàvem la pilota de bàsquet per les torretes.

La conclusió era evident: el rescat d'Isa estava condemnat a ser un fracàs. Havíem perdut el temps per culpa meua, per figot. Érem uns herois de fira, sobretot jo. Pep tenia raó. M'havia aprofitat d'ell per fer-me el valent davant de Dani. D'haver fet el que Pep volia, hauríem descobert que Isa no era al castell, i només pel fet d'eixir a buscar-la s'hauria resolt tot el misteri.

¡Quina planxa!

Pep m'esperava impacient. Hagué de trobar-me groc quan vaig tornar al seu costat, perquè de seguida començà a ventar-me amb el seu mocador.

—¿Què?, ¿ja podem anar per Isa?, ¿ja saps on es troba?

—Sí, ja ho sé —vaig murmurar. El que no gosava dir-li era que l'Isa dels seus ulls sempre havia estat fora del castell, fent d'amazona intrèpida.

De groc, segurament vaig passar a verd perquè Pep començà a ventar-me més de pressa amb el mocador. La veu no m'eixia de la gola.

Inesperadament es va escoltar un soroll molt fort, de pestellots que s'obrien i de cadenes que rodaven. Dani havia obert les portes del castell i havia baixat el pont llevadís que creuava el fossat d'aigua. Tot seguit, es va posar dos dits als llavis, va fer un potent xiulit, i en pocs segons el galop d'un cavall que travessava el pont de fusta va sonar pertot arreu com un concert de trons.

¿I qui diríeu que va entrar al pati del castell a tota canya canyera? Efectivament, ho heu endevinat. ¡Era Isa!, ¡i cavalcava el cavall de Pep!, el cavall desficiós que es netejava les ferradures quan Pep anava vestit de cavaller.

—¡Fantàstic, Fran, ho has aconseguit!, ¡i de ràpid que has sigut ni tan sols ha fet falta buscar Isa! ¿Com t'ho has apanyat?

Abans de contestar, vaig mirar Dani. Ell em va alçar un polze en senyal de victòria.

—No vulgues saber-ho, Pep —vaig dir, encara bocabadat.

—¿Em perdonaràs per no haver confiat en tu?

—¡Això ni es pregunta! —vaig exclamar, pregant per no haver de donar explicacions.

Tot seguit Pep em va oferir la seua mà.

—¿Amics? —em digué.

A mi se'm va obrir el cel.

—¡Veges!

I encaixàrem les mans. ¡¡¡Per fi!!! ¡Ho havia aconseguit! ¡Havia fet les paus amb Pep! Ja podia despertar-me tranquil.

—¡Ei, xicots!, ¿què feu ací dins? Fa un dia magnífic per a cavalcar —ens va dir Isa.

Sí que semblava una princesa, Isa, tan ben plantada damunt del cavall, enlluernant el pati amb el seu ample somriure i els seus cabells llargs i daurats. Quasi no m'ho podia creure. Després de tot el que havíem patit, aquella visió bé valia tots els esforços, encara que no hagueren valgut de res... o potser de molt, segons es mire.

—¿D'on l'has tret, el cavall? —li vaig preguntar.

—Del bosc. Semblava perdut i un poc avorrit, i com que jo també anava perduda i un poc avorrida, decidírem ajuntar-nos per fer unes corregudes.

—¿Aleshores no estaves segrestada? —li digué Pep, tot embadalit.

—¿Segrestada? ¿Jo? No, fill, no. Això són coses de Dani, que si no fa la punyeta no està tranquil. A més, jo no sóc de les que es deixen segrestar fàcilment.

—Com ha de ser —vaig dir, mentre em plegava, inconscientment, de braços.

—Fran... —em va dir Pep amb veu d'enamorat babau—, Isa no estava segrestada. Dani ens ha enganyat.

—¡I de quina manera! —li vaig dir mentre li feia uns colpets a l'esquena—. Ja no pots confiar ni en els teus enemics.

Quan Pep es troba en aquest estat és del tot impossible voler explicar-li res. Dir-li que havíem tingut Isa a l'abast quan érem fora del castell, que els xiulits del bosc que es van escoltar devien ser seus, o que ens hauríem estalviat tot el patiment si haguérem fet el que ell volia, afortunadament, no valdria de res. Pep ja tenia la seua colometa i amb això es conformava.

¡De quina m'havia lliurat, per espavilat!

—¡Vinga!, ¿qui vol cavalcar amb mi? —demanà Isa mentre mirava Pep tota contenta.

Jo vaig fer un pas arrere. Ja només faltava que ara fóra jo qui se n'anara amb la xicona.

—Jo cavalcaria amb tu —digué Pep—, però no tinc cavall.

—¡Que trompellot ets! —li vaig dir del tot frenètic, i d'un encertat puntelló al cul (el segon de la nit) el vaig llançar a la gropa del cavall.

—¡Agafa't, Pep! —li va dir Isa.

Isa va agrair la meua decisió fent-me l'ullet i, ja posats, jo vaig fer-li una reverència com volent dir-li: «no s'ho val».

Tot seguit, el cavall va alçar-se sobre dues potes i de seguida s'enfilà cap a l'eixida del castell, alçant una espessa polseguera. Per fi, vaig esbufegar tranquil, content, relaxat. Al capdavall, tot havia eixit de primera.

La meua intenció immediata va ser la de buscar Dani per agrair-li el seu gest, però quan va aclarir-se la polseguera no vaig trobar rastre del castell. En realitat no vaig trobar rastre de res. El castell havia desaparegut i, amb ell, Dani i la seua colla, i la pilota de bàsquet, i les torretes, i els merlets, i el pont llevadís... I vaig suposar que també els passadissos secrets, i el laboratori de la bruixa, i les masmorres, i l'estança del vellet canós, i el celler on Pep i jo vam ser nomenats cavallers...

Tot havia desaparegut i davant meu uns ulls molt grans, com de camaleó, em miraven des de darrere d'unes ullerotes negres. El primer que vaig pensar va ser que el rescat d'Isa, és a dir, la missió especial en la qual m'havia vist embolicat, em tenia reservada una nova sorpresa. Durant uns segons em vaig sentir bajoca perdut, tal com ens trobem sempre que ens despertem al llit. I això era el que acabava de passar, que m'havia despertat, encara que no al meu llit. A més, els ullots que em miraven no eren els de ma mare, de cap manera. ¡I les ullerotes!, ¡quina passada!

10
¡Despert, per fi!

Era un metge qui m'observava ben de prop, un metge molt lleig però, sense cap dubte, un metge.

Ens trobàvem a l'hospital i ma mare, la pobra, tenia un disgust de l'alçada d'un campanar. Recorde que, només pel fet de despertar-me, em va abraçar i m'unflà a besos. Jo no entenia res. Segons va explicar-me de seguida, no m'havia pogut fer obrir els ulls quan em vingué a despertar. Al principi va suposar que em trobava més gos que un pont però, com que jo no reaccionava de cap manera, es posà molt nerviosa i pensà que em passava alguna mala cosa. Per això m'havia dut a l'hospital.

I allí em vaig despertar, en un llit foraster, en una habitació tota entaulellada de blanc que no era la meua, i vigilat ben de prop per un metge farcit de diòptries que va fer preguntes a ma mare durant una bona estona. Més que res, l'home volia saber quines eren les meues activitats quotidianes.

Ma mare li les va dir totes: l'escola, la natació, la informàtica...

—... i son pare vol apuntar-lo a classes de piano —va explicar ma mare al metge.

El metge va bellugar el cap.

—Massa coses —va dir—, massa obligacions. El seu fill deu haver patit un excés de cansament, i el seu cos necessitava alliberar-se d'alguna manera d'aquest excés. Potser, la millor forma que ha trobat per aconseguir-ho ha estat dormint més, dins d'un estat de son molt profunda.

El metge va aconsellar a ma mare una reducció de les meues penes; ¡ehem!, vull dir, de les meues activitats. De sobte, em va caure simpàtic, l'home. ¡Ja era hora que algú fóra un poc considerat amb mi! Ja sé que els meus pares ho feien tot pel meu bé, però, per molt bona voluntat que tingueren, el dia sempre té vint-i-quatre hores i, ací, un servidor de vostés, no podia fer miracles.

—¡Quin esglai que m'has donat, Fran! —em digué ma mare quan eixíem de l'hospital—. I damunt ton pare se n'acabava d'anar.

La veritat, no sabia jo si tota aquesta moguda havia estat causada pel meu somni, o pels motius esmentats pel metge. En el somni no volia despertar-me fins haver fet les paus amb Pep, això era ben cert. Però el metge també tenia raó: aquest dilluns havia estat esgotador i potser patia, jo, allò de l'excés de cansament.

—¿Com has passat la nit? —em preguntà ma mare.

—¿La nit?

—¿T'ho torne a dir o ho vols per escrit?

¡Heus ací, l'origen de la cançoneta que m'havia dut de cap al llarg del somni! Ma mare té la mania de pronunciar aquest afegitó sempre que repeteixes el que acaba de demanar-te, de dir-te, o de preguntar-te. No ho fa amb mala intenció. Com he dit, és una mania seua, i el subconscient me l'havia colada al somni, supose que amb la mateixa facilitat que m'havia colat les aficions de Pep pels temes medievals.

—He somiat molt, aquesta nit —vaig dir.

—¿I què has somiat?

—¡Uf!, ¡coses increïbles! De primer, em trobava davant d'un castell, després em trobava per dins, fent voltes amb un amic. Els dos ens passàvem tot el somni buscant una amiga nostra que no es trobava al castell. I hi havia moltes escales que pujaven i baixaven; i tothom es plegava de braços...

—Sempre somiem coses absurdes, ¿veritat?

Vaig bellugar el cap sense voler donar més detalls, però ma mare tenia raó, somiem coses molt absurdes, ausades que sí. ¿O no era absurd que Pep i Fran *el Ràpid* es passaren tota la nit buscant la novieta del Pep, perquè després fóra ella la que els eixira a l'encontre a tot galop? ¡Quin trellat més destrellatat!

—De nit parlaré amb ton pare —em va dir ma mare—. Potser canviarem la informàtica per les classes de piano. I, si vols, reduirem els dies de natació.

¡Que no era jo el xic més feliç del món!

Ja em feia igual quin era el motiu que m'havia dut a aquell hospital. Potser havia sigut jo i la meua tossuderia de no voler despertar-me sense haver fet abans les paus amb Pep. O potser va ser el metge qui havia endevinat la tecla de tot. En qualsevol cas, mentre tornàvem a casa, només tenia ganes de veure Pep i contar-li el meu somni.

Quan vam arribar, ma mare em va preparar un abundant desdejuni i, mentre me'l menjava, em vaig preguntar si seria cert allò que el somni m'havia revelat sobre Dani. Ara em trobava ben despert, al món real. I el món real, com tots sabeu, no és cap somni. Al meu somni jo havia desafiat Dani com en un joc. Però despert, podeu estar segurs, sóc incapaç ni tan sols d'alçar-li la veu. Tots li tenim molt de respecte, al Dani. La seua companyia no és gens aconsellable. Potser en el fons siga un bon xic, però vaig decidir no complicar-me la vida per voler descobrir-ho. Com diu mon pare: «qui juga amb foc, acaba cremant-se».

Per cert, de l'examen de matemàtiques amb don Facundo, res de res. Ma mare va telefonar a l'escola i va dir que em trobava malalt. Després em tingué sota observació tot el dia.

¡Patidora que és, la dona!

ÍNDEX